大江戸少女カゲキ団

二

中島 要

時代小説文庫

角川春樹事務所

目次

登場人物

芹《せり》

掛け茶屋「まめや」で働きながら、青物売りをしている母親と長屋住まい。かつては役者で市村座の舞台に立ったこともある父の万吉《まんきち》から、幼い頃に踊りや芝居の所作を叩き込まれていた。

才《さい》

江戸屈指の札差「大野屋《おおのや》」の娘。恵まれた容姿を持ち、どんな習い事にも真剣に取り組む努力家。内心で世間体ばかりを気にする見栄っ張りな父に反発心を抱いている。

紅《こう》

才の幼馴染みで、江戸でも名が知られている魚屋「魚正《うおせい》」の跡取り娘。丸顔で父親に似た顔立ちから、才の美しさに憧れている。

仁《さと》

大名家や寺院などに出入りする仏具屋「行雲《こううん》堂《どう》」の娘。色っぽい見た目に反して辛辣な物言いが多い。戯作好き。

東《あずま》花《か》円《えん》

才たちの踊りの師匠。西川流の名取だったが破門され、田沼《たぬま》意次《おきつぐ》の力添えで自ら東流を立ち上げた。

大江戸少女カゲキ団《おおえどしょうじょかげきだん》 二

一

目に青葉　山ホトトギス　初鰹《はつがつお》

江戸の夏は、初鰹売りと共にやってくる。

「どいた、どいた、初鰹のお通りだっ」

天秤棒《てんびんぼう》を担いだ魚屋が西両国《にしりょうごく》の人混みをかき分けながら、砂ぼこりを蹴立《けた》てて走っていく。

いくら活《い》きのよさが売りものでも、これでは周りが迷惑する。とはいえ、「初鰹」という声に気圧《けお》されて、誰《だれ》もが道を譲ってやっていた。

今日は天明《てんめい》三年（一七八三）四月二日、桶《おけ》の中身が大名か豪商のものだとわかっているからだろう。

広小路《ひろこうじ》に面した掛け茶屋まめやの客たちは魚屋の後ろ姿を目で追って、誰ともなしに口を開いた。

「走っていった方角からして、あの魚屋は両国橋を渡るはずだ。さては本所《ほんじょ》の大名屋敷に届けるつもりだな」

「大名なんて屋敷の構えが立派なだけで、中身は火の車だろう。大川《おおかわ》の向こうで金を持っているといやぁ、材木問屋に決まってらぁ」

「わかってねぇな。魚河岸は日本橋《にほんばし》のすぐそばだぞ。届ける先が深川《ふかがわ》なら、こんなところを通るもんか」

初物《はつもの》を食べると、寿命が七十五日も延びると言われている。中でも初鰹に目がない江戸っ子は、誰の寿命が延びるのか気になって仕方がないようだ。客に茶を注《つ》いでいた芹《せり》は、見かねて口を挟んでしまった。

「そんなのどこだっていいじゃないの。あたしたちの口に入らないことだけは、はっきりしているんだから」

「そりゃ、わかっているけどよ」

「ひと月も経《た》てば、みんなだって食べられるようになるんだもの。それまで待てばいいじゃない」

諭すような口調で言うと、すかさず客たちに睨《にら》まれた。

鰹は毎年四月一日から売り出され、日が経つにつれて値が下がる。いまは贖《あがな》うのに小判が何枚も必要だが、五月になれば一尾一分《ぶ》くらいになるはずだ。

もっとも、そこまで値が下がったところで、貧乏人は一尾丸ごとなんて買えやしない。隣近所で金を出し合い、分け合って食べるのがせいぜいだった。

「いくら初物だからって、たかが魚じゃないの。三両も四両も出すなんて、あたしには正気の沙汰《さた》と思えないね」

「ふん、女子供はこれだからいけねぇ。鰹と初鰹は別ものだぜ」

「そうそう、女房を質《しち》に置いても食わねぇと」

「薬味をたっぷり載せた初鰹の刺身で一杯、考えただけでよだれが出らぁ」

お茶を片手に口直しの漬物をかじりながら、男たちは口々に初鰹への熱い思いを語りだす。

客の悪口は言いたくないが、朝四ツ（午前十時）前から盛り場の茶店で無駄話をしている連中だ。これ以上諌《いさ》めたところでさらに睨まれるだけだろうと、芹は放《ほう》っておくことにした。

「おい、勘定《かんじょう》はここに置いとくぜ」

床几《しょうぎ》に腰を下ろして草鞋《わらじ》を履き替えていた客が、ひと声をかけて去っていく。芹は長居をしない客の背に「ありがとうございました」と頭を下げ、床几の上に置かれた代金を確かめた。

お茶と汁粉《しるこ》で十二文、果たして何人の客がまめやに来てくれたら、初鰹を買うことができるのだろうか。小判なんて触ったことすらないけれど、一両はおよそ四千文とか。一尾三両と考えれば、およそ千人の客が必要になる。

いや、代金はそっくり儲《もう》けではないから、二千人は要るだろう。その客の数だけお茶を淹《い》れて汁粉を出し、湯呑《ゆのみ》を洗って愛想を言う。それと引き換えに得られるものが鰹一尾だけなんて、考えただけで気が遠くなる。

寿命が七十五日延びたって、まったくわりに合わないじゃない。男はどうしてそんなものをありがたがるんだか。

もちろん、女の中にも初物好きはいる。だが、なけなしの金で初鰹を買う女はめったにいないはずである。三両あったら、食べてなくなる鰹より、ずっと使える着物や家財を手に入れる。それが女の算盤《そろばん》だ。

ただでさえいまは米の値が高騰していて、長屋住まいの町人は四苦八苦している。青物売りをしている母は売れ残ったくず野菜を飯に混ぜてかさ増ししているし、一膳《いちぜん》飯屋《めしや》のどんぶり飯が粥《かゆ》のように柔らかいと嘆く客の声も耳にした。

米の値上がりは雑穀や豆の値上がりも呼ぶ。まめやの女主人の登美《とみ》も汁粉の値を上げようかと悩んでいるところだった。

そんなご時世に、初鰹の話で盛り上がるなんて馬鹿馬鹿しい。芹が見栄《みえ》っ張《ぱ》りな男たちを白い目で見ていると、新たな客がやってきた。

「お、初鰹の話か。おめぇさんたちも昨日さっそく食ったのかい」

店では初めて見る男は馴れ馴れしい態度で客たちの話に首を突っ込む。そのくせ、芹が「いらっしゃい」と声をかけたって振り向きもしなかった。

茶店に来たら、とりあえず何か注文しなさいよ。そんな身なりじゃ、初鰹どころじゃないでしょう。

腹の中で罵って、芹は傍迷惑《はためいわく》な客を睨む。

歳《とし》は恐らく二十歳《はたち》かそこら。擦《す》り切れた着物の下に紺《こん》の股引《ももひき》を穿《は》いているので、仕事は人足《にんそく》か、職人見習いあたりだろう。百歩譲って一人前の職人でも、みすぼらしい着物の懐《ふところ》に小判があろうはずがない。

話に割り込まれた客たちもひと目で芹と同じことを思ったようだ。「何だ、おめぇは」と胡散臭《うさんくさ》そうな目を向けられて、問われた相手はへらりと笑った。

「俺《おれ》は下駄《げた》職人の見習いをしている安三《やすぞう》ってんだ。なぁ、おめぇさんたちも初鰹を食ったのかよ」

「馬鹿を言え。初鰹が売り出されたのは昨日だぞ」

「俺たちの口に入るわけがねぇ」

「そう言うおめぇは食ったってぇのか」

最後のひとりは一応尋ねているものの、「おめぇのような貧乏人に食えるもんか」と思っているのは明らかだ。安三は待ってましたとばかりに胸をそらした。

「ああ、俺は食ったぜ。今年の初鰹は特にうめぇ」

なるほど、この一言が言いたくて話に割り込んだのか。客たちは一瞬目を瞠《みは》り、ひと呼吸《いき》置いて噴き出した。

「おい、どうせならもっとましな嘘《うそ》をつきやがれ。下駄職人の見習いが四月一日に初鰹を食えるもんか」

「そうだ、初鰹を買う金があったら、まずは着物を買うんだな」

「それとも、おめぇの親父《おやじ》は鎌倉沖《かまくらおき》の漁師なのか？　それなら一日も早く故郷《くに》に帰って、親父の跡を継いだがいいぜ」

蔑《さげす》みもあらわに嘘だと決めてかかられて、安三の顔が赤く染まった。

この時期、初鰹を食べたというのは、江戸っ子にとって一番の自慢だ。金のない若造が通りすがりに嘘をつきたくなっても無理はない――客たち同様、芹もそう思ったが、安三は怒りもあらわに立ち上がる。

「嘘じゃねぇっ！　蔵前《くらまえ》の大野屋《おおのや》で、旦那《だんな》が俺に初鰹を食わせてくれたんだ」

「ほら、そこからしておかしいじゃねぇか。札差《ふださし》は旗本御家人《はたもとごけにん》相手の商売だぞ。おめぇのような貧乏人がどうして札差に顔を出す」

「さては親方の遣いだな。伊達男《だておとこ》の大野屋が特別誂《あつら》えの下駄を頼み、そいつを届けに行ったんだろう。でなきゃ、みすぼらしいその恰好《なり》で札差の敷居《しきい》を跨《また》げるもんか」

どうやら図星だったらしく、安三が奥歯を食いしばる。だが、すぐに気を取り直して言い返した。

「だとしても、俺が大野屋で初鰹を食ったことに変わりはねぇ」

「ったく、冗談も休み休み言いやがれ。いくら金余りの札差だって、下駄を届けただけの見習いに初鰹を食わせるもんか」

四月一日の初鰹はとびきり高価なだけでなく、出回る数も少ない。客のひとりは訳知り顔で決めつけたが、別のひとりは思案顔で「ちょっと待て」と呟《つぶや》いた。

「案外、そいつの言う通りかもしれねぇぞ。大野屋時兵衛《じへえ》は酔狂《すいきょう》で、客にとびきり豪華なもてなしをするって評判だ」

「客ならわかるが、こいつはただの遣いじゃねぇか。わざわざもてなしてやる義理はねぇだろう」

「それでも、大野屋を訪ねた人間に変わりはあるめぇ。俺たちにゃ手の出ねぇ初鰹も、大金持ちの札差には鰯《いわし》や鯖《さば》と同じただの魚だ。長く取っておけねぇし、居合わせたやつを捕まえて振舞ったっておかしくねぇさ」

並みの金持ちならあり得なくとも、あの大野屋ならばあり得る——他の客たちも納得し、安三に向ける目つきを変えた。

「畜生、うまいことをやりやがって」

「俺も大野屋に行きてぇや」

「金も初鰹もあるところにはあるんだな」

見下す気配は消え去って、やるせないため息があちこちから漏《も》れる。芹は大野屋の金持ちぶりを改めて思い知らされて、ひそかに唾《つば》を呑《の》み込んだ。

たまたま居合わせた下駄職人の見習いにも高価な初鰹をごちそうする——そんな家の娘と言葉を交わし、一緒に男の恰好《かっこう》で芝居をするようになるなんて……。去年のいまごろは夢にも思っていなかった。

しかし、暮れに高砂町《たかさごちょう》に住む踊りの師匠、東花円《あずまかえん》に弟子入りしてから、芹の毎日は大きく変わった。東流《あずまりゅう》の名取《なとり》である札差大野屋の娘の才《さい》、魚屋魚正《うおせい》の娘の紅《こう》、そして仏具屋《ぶつぐや》行雲堂《こううんどう》の娘の仁《さと》から意外な誘いを受けたのである。

——あたしたちはお嫁に行く前に、男の恰好で芝居がしたいの。お芹さんなら水も滴《したた》る二枚目になれる。お願いだから、手を貸して。

最初にそう言われたときは、驚く以上に不愉快だった。

芹は母と二人で村松町《むらまつちょう》にあるすり鉢《ばち》長屋に住んでいる。母の稼ぎは微々たるもので、茶店でもらう芹の給金を足したって日々の暮らしはカツカツだ。花円の弟子になったのも長年稽古《けいこ》をのぞき見していた芹にほだされ、師匠が「タダで教えてやる」と言ったからだ。

芹は男並みに背が高いし、顔立ちだって悪くはない。才たちに言われるまでもなく、そこらの優男が青ざめるような色男に化ける自信はあった。

なぜなら、うんと幼い頃《ころ》に男のふりをすることを仕込まれていたからだ。

——そうだ、うまいぞ。芹坊はおとっつぁんの子だから、きっと立派な役者になれる。おとっつぁんの代わりに、いつか三座《さんざ》の舞台に立ってくれ。

芹の父はかつて市村座《いちむらざ》で役者をしており、最下位の稲荷町《いなりまち》から若くして相中《あいちゅう》にまで出世した。それを役者仲間に妬《ねた》まれて、市村座を追われたそうだ。その後、幇間《ほうかん》になった父は、芹の口がおぼつかないうちから芝居のイロハを教え込んだ。己の無念を晴らすため、娘を息子と偽って役者にしようとしたのである。

しかし、子役として預けられた一座ですぐに女の子だとばれてしまい、父は母と芹を捨てた。それでも芹はひとりで芝居や踊りの稽古を続けたが、十三のときに父への思慕《しぼ》も役者になる夢も手放したのだ。

いまさら男の恰好で芝居をするなんて冗談じゃない。嫁入り前の思い出作りはお仲間だけでやっとくれ。

考える間もなく断ったのに、才と仁はしつこく食い下がる。仕方なく「花円師匠が芝居を教えてくれるなら」と条件を付けると、二人は花円を口説き落としてしまったのだ。

その後の稽古はすったもんだの大騒ぎ。男のふりに慣れている芹と違い、他の三人はいずれも育ちのいい箱入り娘である。大股《おおまた》で走ることもできないと知ったときは、本気で気が遠くなりかけた。だが、工夫と稽古でどうにか乗り越え、仁の書いた「忍恋仇心中《しのぶこいかたきのしんちゅう》　再会の場」を飛鳥山《あすかやま》で披露《ひろう》したのである。

満開の桜の下で行った男装の娘芝居は評判を呼び、瓦版《かわらばん》まで売りだされた。いつ現れるかわからない芹たちの芝居見たさに飛鳥山に通う娘たちまで現れて、調子に乗った四人は師匠と共に、「少女カゲキ団」を結成して芝居を続けることにした。

もちろん、続けるといったってそう長いことではない。

少女カゲキ団の役者は全員花も恥じらう十六歳だ。誰かの嫁入りが決まれば、即解散になるだろう。

遠からず散る花なればこそ、少女カゲキ団の正体を世間に知られるわけにはいかない。初鰹で盛り上がる男たちを横目に、芹の腹は冷えていく。

おオさんは自分の父親を「とんでもない見栄っ張り」と言ってたっけ。娘が男の恰好で芝居をしていたことがばれたら、きっと怒り狂うだろうな。

武家相手の札差は、並みの商人より面目《めんぼく》を大事にするはずだ。芹はいま一度口の閂《かんぬき》をかけ直す。

母や雇い主の登美にも、この秘密は話していない。いまも父に惚《ほ》れている母はともかく、登美は「役者のまね事なんてするな」と反対するのが目に見えている。

おかみさんはおっかさんを捨てたおとっつぁんを恨んでいる。高砂町のお師匠《つしょ》さんともひと悶着《もんちゃく》あったし、余計な波風は立てたくないわ。

そうは言っても、身近な人に隠し事をするのは楽ではない。

大店《おおだな》のお嬢さんたちに囲まれて、居心地の悪いこともある。

それでも、少女カゲキ団を続けるのは、心底芝居が好きだからだ。

忠義の武士、娘を騙《だま》す小悪党、人に化けた狐《きつね》に年老いた僧侶《そうりょ》など、芝居の中の役者は変幻自在の存在である。何の力もない貧しい小娘から人目を奪う別人に生まれ変わる快感は、決して他では得られない。だが、少女カゲキ団が終わってしまえば、芝居は二度とできないだろう。

ああ、あたしが男だったら、役者になって三座の舞台に立ったのに。どうして女に生まれたのか……。

何度となく浮かんだ繰り言が今日も頭に浮かんでくる。芹が思わず自嘲《じちょう》したとき、自分と同じ年頃の娘たちがやってきた。

「すみません、お茶とお汁粉を二つずつ」

「はい、少々お待ちください」

芹は愛想よく返事をすると、急いで茶と汁粉を運ぶ。笑顔で湯呑を差し出せば、娘客のひとりが驚いたように目を瞠り、穴が開くほど見つめられた。

「あの、あたしに何か」

尋常ではない客の様子に嫌な予感がこみ上げる。

芹をじっと見つめているのは、浅葱《あさぎ》色の着物を着た小柄で瘦《や》せぎすの娘である。肌はあいにく色黒だが、顔のつくりは悪くない。

その連れは反対に、女相撲《おんなずもう》の小結《こむすび》が務まりそうな身体《からだ》つきだ。顔立ちはいたって平凡ながら色白で、何となく正月の鏡餅《かがみもち》を思わせる。

これでも物覚えには自信があった。この正反対の二人連れを前にどこかで見ていれば、絶対覚えているだろう。

「お客さん、どうかしましたか」

再度芹が声をかけると、小柄な色黒はようやく我に返ったらしい。気まずそうに目を伏せ、「何でもありません」とうわずった声で返事をする。色白ぽっちゃりは隣で首をかしげており、芹はますます不安になった。

あんなふうに見つめられる心当たりはただひとつ。

自分が遠野《とおの》官兵衛《かんべえ》だと気付かれてしまったか。

だが、飛鳥山ではずっと笠《かさ》をかぶっていて、顔をさらしたのはほんの一瞬だ。今日は娘の姿をしているし、声も芝居のときよりずっと高い。ひと目で芹の正体を見破ることはできないはず。

そう確信していても、小柄な色黒の目が怖い。「ごゆっくり」と言って店の中に逃れると、登美が怪訝《けげん》そうな顔をした。

「何だい、青い顔をして。おかしな客でも来たのかい」

「いえ、そんなんじゃ……その、うっかりお茶をこぼしてしまったから、雑巾《ぞうきん》を取りに来たんです」

「ふうん、あんたの様子が変だから、何事かと思ったよ」

今度は登美の目を避けるため、雑巾を手に店先へ戻る。芹は娘二人に背を向けて、何食わぬ顔で床几を拭《ふ》く。

そして、飛鳥山で行った二度目の芝居を思い返した。

――待ってました！

――官兵衛様、すてきぃ。

――竜太郎《りゅうたろう》さん、こっちを見てぇっ。

先月十八日の昼下がり、振袖袴《ふりそではかま》姿の才や笠をかぶった芹を見るなり、近くにいた娘たちが黄色い声を張り上げた。その頰《ほお》は興奮で赤く染まり、こっちを見つめる目はキラキラと輝いている。

すでに桜は散っていて、飛鳥山にいたのは少女カゲキ団を待ちわびる娘たちばかりだったようだ。予想外の熱気に驚いて、主役の水上《みずかみ》竜太郎を演じる才の芝居がぎこちなくなる。中間《ちゅうげん》を演じる紅などはことさら大げさになってしまい、芹は自らも演じている間、ハラハラし通しだった。

少女カゲキ団による「忍恋仇心中　再会の場」は、「パッと演じて、パッと逃げる」ことを一番に考えられている。

だが、この調子で人に囲まれたら、ここから逃げ出せなくなりそうだ。芹が内心案じていると、何人かの娘たちがわざわざ人を動かして通り道を作ってくれた。

さながら千両役者になった気分で芹たち三人は走り去り、瓦版売りに扮《ふん》した仁が〆の口上《こうじょう》を述べる。そこで「少女カゲキ団結成」の引札《ひきふだ》を撒《ま》き、娘たちがそちらに気を取られている間に仁もまんまと姿を消した。

ちなみに、引札はすべて手書きである。仁は引札屋に頼みたかったようだが、それでは自分たちの正体が相手にばれてしまう。ひらがなしか書けない芹は何の役にも立たなくて、他の三人が頑張った。

――へえ、この一座は「少女カゲキ団」って言うんだ。

――だから、正体を隠しているのね。……ということは、官兵衛様も女なの？

――そりゃそうよ。中間を女がやっているのに、官兵衛様だけ男ってことはあり得ないって。

――で、でも、背が高いし、声だって男みたいだし……女なんてがっかり。

――あら、女が男をやって男より恰好がいいから、いいんじゃない。

――あたしは官兵衛様が官兵衛様なら、男でも女でも構わないわ。

――これってちゃんとした狂言の一部なのね。外題《げだい》は「しのぶこいかたきのしんちゅう」かぁ。

――次も飛鳥山で演じるみたいよ。

――けど、いつやるかが書いてないわ。

芹たちが江戸に戻るときも、多くの娘たちが引札を手に話し合っていた。あの騒がしい娘たちの中に、白黒娘もいたのだろうか。

「おい、ここに金を置くぞ」

客の声に顔を上げれば、近くの床几にいた小間物売りが立ち去ろうとしているところだった。芹は「ありがとうございました」と声を上げ、金を数えて顔色を変える。

さてはどこかに落ちていないかと床几の下も見たけれど、一文だって落ちていない。

芹は慌てて小間物売りを呼び止めた。

「お客さん、ちょっと待ってください。お茶と汁粉と磯辺餅で二十文ですよ」

立ち止まった相手の前に、置いてあった銭を突きつける。芹の掌《てのひら》には一枚四文の波《なみ》銭《せん》が四枚しかなかった。

「十六文じゃ足りません。あと四文お願いします」

手を出したまま続ければ、小間物売りは目をつり上げた。

「冗談じゃねぇ。俺はちゃんと波銭を五枚置いといたぜ。客に妙な言いがかりをつけるのはやめてくれ」

「言いがかりじゃありません。五枚置いたというのは、お客さんの勘違いじゃありませんか」

細かい銭の数え間違いはよくあることだし、不足はたかが四文である。店から「足りない」と言われれば、普通はすぐに差し出すものだ。芹が怯《ひる》まず言い返せば、客の顔つきが一変した。

「この俺がたった四文を惜しむ情けねぇ男だと抜かすのか。人を馬鹿にすんのも大概《たいがい》にしやがれっ」

破落戸《ごろつき》さながらの恫喝《どうかつ》に、芹は驚いて後退《あとずさ》る。横目で近くにいた男の客に救いを求めてみたけれど、揃《そろ》ってそっぽを向かれてしまった。

人が頼りにならないなら、ここは自分で何とかするしかない。背丈は男に負けないと、芹は前かがみになりそうな背筋を伸ばす。

「そ、そうは言っていません。あたしは足りないから足りないと言っただけで」

「てやんでぇ、どうせおめぇが俺の金から波銭を一枚ちょろまかしたに決まってらぁ。盗人猛々《ぬすっとたけだけ》しいとはおめぇのことだ」

「ばっ、馬鹿なことを言わないでっ」

いきなり濡《ぬ》れ衣《ぎぬ》を着せられて、芹の頭に血が上る。とっさに声を荒《あら》らげてから、相手の企みに気が付いた。

この男は「まめやに手癖の悪い手伝いがいる」とか「とんだ言いがかりを付けられた」と派手に騒ぎ、店から詫《わ》び金を巻き上げる腹だ。でなければ、たかが四文でこれほど頑《かたく》なになるものか。

しかし、このまま「四文足りない」と言い続けると、騒ぎはさらに大きくなる。女所帯のまめやは男を腕ずくで追い払えない。

小間物売りを睨んだまま、芹は歯を食いしばる。そこへ、まめやの女主人があたふたとやってきた。

「お客さん、どうもあいすみません。この子はそそっかしいところがあって……きっといただいた波銭を一枚、どっかに落としたんだと思います。ねぇ、そうだろう」

店先でのやり取りを耳にして、登美も客の狙《ねら》いを察したのか。「早くうなずけ」とばかりに睨まれて、芹は渋々うなずいた。

「ご迷惑をおかけしましたので、お代はすべてお返しします。若い娘のしたことですから、それで勘弁してくださいまし」

登美は頭を下げてから、ひねった懐紙《かいし》の包みを差し出した。しかし、相手は受け取らず、「なめんじゃねぇ」と啖呵《たんか》を切る。

「広小路中に聞こえるような大声で四文をごまかした盗人だと叫ばれたんだ。これほどの恥をかかされて、たった二十文ですます気か」

ああ、やっぱりそうなった。

お代が四文足りないなんて、声をかけなければよかったんだ。

芹が臍《ほぞ》を噛《か》んだとき、背後から「ちょっと待って」と声がした。

振り向くと、さっきの白黒娘が思い詰めた様子で立っている。二人の顔はひどく青ざめているものの、一歩も引かない強い覚悟が感じられた。

「おかみさん、勘違いしているのはこの男のほうです。床几には初めから波銭が四枚しかありませんでした。あたしたちはその娘さんのすることをずっと見ていたんです。神かけて間違いありません」

小柄な色黒が言い切る横で、ぽっちゃり色白は力みかえって相槌《あいづち》を打つ。思いがけない成り行きに、芹はぽかんと口を開けた。

初鰹談義の男たちは見て見ぬふりを通したのに、若い娘の二人連れが柄の悪い男を向こうに回して助太刀してくれるなんて。

とはいえ、この小間物売りはかなり性質《たち》が悪そうだ。娘たちの気持ちがうれしいが、面倒に巻き込んでいいものか。

登美も迷っているらしく、無言で二人を見つめている。小間物売りは聞こえよがしに舌打ちした。

「あんたたちには関係ねぇ。余計なことを言わずに引っ込んでな」

「同じ年頃の娘さんが困っているのに、引っ込んでなんていられないわ。そっちこそたかが四文ぽっちで因縁《いんねん》をつけるなんて、ケチ臭いったらありゃしない」

「何だとっ」

「これ以上言いがかりをつけるなら、あんたのことを知り合いすべてに触れ回ってやるんだから」

「へえ、何と言って？」

「歳の頃なら三十前後、顔の形はやや面長で頬骨が目立つ。色は浅黒く、目は二重、鼻は高いが鼻の穴が大きくて、小鼻が目立って不恰好。唇はやや厚めで歯並びが悪い。顎《あご》と額に小さな黒子《ほくろ》があって、左の眉《まゆ》が右より少し下がっている。背丈はおおよそ五尺二寸（約百五十七センチ）の、猫背の小間物売りには気を付けろってね」

まるで覚えてきた台詞《せりふ》をしゃべるように、小柄な色黒は小間物売りの見た目をひと息にまくしたてる。それをぽっちゃり色白が矢立《やたて》を出して、懐紙に書きとっているではないか。芹は目を丸くして二人を見た。

人相というものは意外と言葉で表しにくい。芹だって目の前の二人を「小柄な色黒」と「ぽっちゃり色白」と心の中で呼んでいる。それは二人の肌の色と体格に目立つ特徴があるからだが、他人がそれを聞いたってどんな顔かはわからない。しかし、小柄な色黒は小間物売りの見た目をいちいち言葉で説明している。これなら誰が聞いたって人相を思い浮かべることができるだろう。

小間物売りはさっきまでの勢いはどこへやら、顔色が悪くなっている。小柄な色黒はひと息ついて、さらに続けた。

「あたしたちはこの辺りに仲良しが多いの。その顔をしている限り、あんたは両国界隈で小間物商いなんてできなくなるわよ」

紅白粉《べにおしろい》、櫛《くし》に手絡《てがら》に匂《にお》い袋——小間物を買う客の大半は若い娘である。娘たちにそっぽを向かれたら、小間物売りは成り立たない。相手が怯《ひる》んだのを見て、小柄な色黒は「ただし」と声を張った。

「いますぐ四文を払って出ていけば、ここでのことは誰にも言わない。さあ、あんたはどっちがいいの」

「……ったく、小娘が忌々《いまいま》しい。ほら、これでいいんだろっ」

負けを悟った小間物売りが波銭を叩《たた》きつけて去っていく。

登美がその銭を拾い上げ、芹はホッと息を吐く。そして、危ないところを助けてくれた白黒娘に頭を下げた。

「ありがとうございます。お二人のおかげで助かりました。人の見た目を即座に言葉にできるなんてすごいですねぇ」

そんな特技を持っているから、芹の正体にも気付いたのか。ジロジロ見られて不愉快だったが、おかげで無実の証《あかし》が立った。

実のところを問いつめることはできないが、二人は自分を助けてくれた。今後もこっちが困ることはしないだろうと信頼して礼を言えば、登美も二人に笑顔で言う。

「本当に、お二人がいなかったらどうなっていたか。そこらにいる男たちは、知らぬ顔の半兵衛《はんべえ》を決め込んでいたってのにねぇ」

登美が店先を見回すと、目の合った男客は首を縮めた。

「おかみさん、そう言うなって。うかつに男が出ていくと、どっちも引くに引けなくなると思ったんだよ」

「そ、そうだよ。そいつの言う通りだ」

男客は一斉に言い訳を始めたものの、さすがに居づらくなったらしい。芹にきっちり代金を払い、しおしおと立ち去った。その傍らで、登美は白黒娘たちの手を取った。

「せめてものお礼に、お二人の分はあたしがおごります。これに懲《こ》りず、またお汁粉を食べに来てくださいね」

すると、二人はどういうわけか「また来てもいいですか」と芹に尋《たず》ねる。

店の主人が頼んでいるのに、手伝いが断るはずがない。芹は「もちろんです」とうなずいた。

「おかみさんのお汁粉はとってもおいしいのに、嫌な騒ぎがあったせいで味がわからなかったでしょう。また改めて食べに来てください」

笑顔でそう言ったところ、びっくりするほど喜ばれた。二人は「ごちそうさまです」と頭を下げ、足取りも軽く去っていく。二人の背中が見えなくなると、登美が振り向いてにやりと笑った。

「近頃は男より女にもてるようになったのかい」

「……別に、そんなんじゃありません」

芹はぶすりと返事をして、再度登美に頭を下げた。

「おかみさん、さっきは客と揉《も》めてしまってすみませんでした。これからもっと気を付けますから」

「さっきのは、お芹ちゃんが謝ることじゃないさ。でも、気を付けてもらえるとありがたいね。川開きが始まれば、毎日客が押し寄せて揉め事も増えるから」

「はい、わかっています」

気を引き締めてうなずくと、登美は店の中へと入っていった。

江戸の名物、両国の川開きは毎年五月二十八日と決まっている。それから三月《みつき》の間、大川端の両国には花火見物の人々が雪崩《なだれ》のように押し寄せる。

もちろん、まめやは押すな押すなの大繁盛《だいはんじょう》。八のつく日の休みもなくなり、日が暮れてからも商いをする。手伝いの芹はその間ずっと働きづめなので、少女カゲキ団の次の芝居は芹の仕事が一段落つく九月に行うことになった。

さっきの二人は飛鳥山に通いつめるほど、裕福ではなさそうだったけど……いまも毎日通っている人がいたら、ずっと無駄足を踏ませてしまう。次の芝居は九月だと、引札に書いておけばよかったわね。

少女カゲキ団の狂言作者、仁は五月末に次の芝居を行うつもりでいたらしい。芹が

「秋まで無理」と言ったとたん、目を剝《む》いて叫ぶように言った。

――半年も先だなんて冗談じゃない。来年になれば、いいえ、お才ちゃんかお紅ちゃんの縁談が今年のうちに決まるかもしれないのに。

九月にやるなら、次の芝居が最後になりかねない。なぜもっと早くできないのかと血相を変えて詰め寄られた。

だが、仁たちに都合があるように、こっちだって都合がある。貧乏人は稼げるときに稼がないといけないのだ。

あたしだってできるものなら、何度も飛鳥山で芝居がしたいわ。でも、いまは米の値が高くって、特に懐が厳しいのよ。

きちんとした理由もなく「手伝いを休みたい」と言えば、いくら芹に甘い登美でも嫌な顔をするだろう。挙句、暇を出されたら、母と二人で干上がってしまう。

二人の言い合いは延々と続き、見かねた花円が「だったら、お芹抜きでやればいい」と言い出した。だが、仁に言わせると「遠野官兵衛のいない芝居は成り立たない」そうで、「お芹さんがいない間、三人で稽古に励む」ことになった。

旗揚げしたばかりなのに、もう最後の芝居だなんて。少女カゲキ団はこれからどうなるんだろう。

思わず天を仰いだら、甲高《かんだか》い声で名を呼ばれた。

客かと思って振り向けば、杉浦屋《すぎうらや》の袢纏《はんてん》を着た生意気そうな小僧が立っていた。

薪炭問屋《しんたんどいや》杉浦屋のある高砂町は、西両国の広小路から十丁（約一キロ）と離れていない。また東花円の稽古所があるため、芹にとっては歩き慣れた道のりである。

勢い、足取りはおのずと速くなってしまい、隣を歩く小僧の三吉《さんきち》がたまりかねたように文句を言った。

「お芹さん、もっとゆっくり歩いてくれよ。そんなに慌てなくたって、うちのご隠居《いんきょ》さんは逃げねぇって」

「誰もそんな心配はしていないわ。のんびり歩いている暇がないだけよ」

芹は歩く速さを保ったまま、そっけなく返事をした。

去年の暮れも三吉は杉浦屋の隠居、善助《ぜんすけ》の遣いとしてまめやに来た。そのときは閑《かん》古鳥《こどり》が鳴いていたからいいけれど、暖かくなるにつれて店には客が戻ってきた。いきなり「足を痛めたから、見舞いに来い」と呼び出されても困るのだ。

「相変わらず貧乏人のふりをして、ひとりで出歩いていたんでしょう。年寄りが足を痛めるなんて、寝たきりになっても知らないから」

「そう怒んないでくれよ。おいらは言われた通りにしているだけなんだから」

不機嫌な芹に三吉が口を尖《とが》らせる。小僧に当たっても仕方がないと、芹は大きく息を吐き出した。

それにしても、今度は何をしろって言うんだろう。おかみさんに芸人のまねはやめろと言われているから、もう物まねはできないのに。

芹は前に呼び出されたとき、善助の前でガマの油売りの物まねと忠臣蔵《ちゅうしんぐら》の「勘平切腹《かんぺいせっぷく》」を披露している。そのときもらった過分な心づけには感謝しているけれど、あとから登美に「芸人のまねをするな」と叱《しか》られた。

善助自身、登美からじかに文句を言われて、まめやに顔を見せなくなった。それを忘れて「また暇つぶしに何かやってくれ」と頼まれても困る。

半ば息を切らして杉浦屋の離れに着いたのは、正九ツ（正午）を告げる時の鐘《かね》が鳴りだしたときだった。そっと襖《ふすま》を開けたところ、善助は布団に横たわって目をつむっている。

さては足を痛めただけでなく、他のところも悪いのか。うろたえる芹を残して三吉が出ていったとたん、寝ていた年寄りが勢いよく起き上がった。

「善助さん、無理をしないでください」

「いや、心配しなくても平気だよ。足を痛めたというのは、お芹ちゃんを呼び出すための方便だ」

いたずらがうまくいった子供のように、善助は得意げな笑みを浮かべる。芹は騙されたと知って怒りに震えた。

「いまはまめやも忙しいんです。悪ふざけはやめてください」

「そう怒りなさんな。具合の悪いふりをしたのはお芹ちゃんのためなんだから」

謝るどころか「お芹ちゃんのため」と言い出され、芹はますます腹を立てる。人の仕事の邪魔をして、なに馬鹿なことを言ってんだか。

「どこがあたしのためなんです？　どうせおかみさんに内緒で、また物まねをしろって言うんでしょう」

他にわざわざ嘘をついて呼び出す理由などないはずだ。目をつり上げた芹に相手は首を左右に振り、寝巻の懐からしわの寄った瓦版を取り出した。

「この瓦版によれば、自ら『少女カゲキ団』なんてたいそうな名を名乗り、男の恰好で芝居をする娘たちがいるんだってねぇ。いやはや、とんだ跳ねっかえりが出てきたもんだ」

その瓦版の内容は仁から教えてもらっている。四日の芝居や十八日の引札のことが中心で、演じた役者の人相なんてまったく書かれていないはずだ。

芹は動揺を隠すため、膝の上に揃えて置いた両手を強く握りしめる。自らぼろを出してはいけないと、黙って話を聞くことにした。

「少女カゲキ団の役者は四人いて、浪人役の娘が見事な男ぶりだとか。花見の酔っ払いに絡《から》まれたときも、笠ごしにひと睨みしただけで黙らせたって書いてあるよ」

真っ先に遠野官兵衛のことが出てきて、不安がますます大きくなる。芹はたまらず口を開いた。

「笠をかぶっていたんじゃ、睨んだかどうかなんてわからないでしょう」

「いちいち細かいねぇ。肝心なのは、酔っ払いが蛇に睨まれた蛙《かえる》みたいになったってことさ」

「へえ、たいしたもんですねぇ。娘一座の噂《うわさ》はあたしも茶店の客から聞きましたけど、そこまでは知りませんでした。でも、そんな話をするために具合の悪いふりまでして、あたしを呼び寄せたんですか。こっちは暇を持て余しているご隠居さんと違って、忙しいんですけどね」

つんけんと嫌みを言ったにもかかわらず、善助はにやにや笑い出す。

「お芹ちゃん、役者嫌いのまめやのおかみさんはともかく、わしにまで嘘をつかなくてもいいじゃないか」

「……何のことです」

「しらばっくれるねぇ。少女カゲキ団の浪人役はお芹ちゃんだろう？　わしはこの瓦版を読んだとたん、ピンと来た」

自信たっぷりに決めつけられたが、ここで認めるわけにはいかない。芹は嘘をつき通す覚悟を固め、勢いよく噴き出した。

「何だってそんなことを思ったんだか。人違いもいいところですよ」

「そっちこそ、どうして嘘をつくんだい。おかみさんの前では話せないだろうと思って、お芹ちゃんをここに呼び出したのに」

「あらまぁ、そういうことでしたか。せっかくのお心遣いですけれど、人違いで残念でした」

芹は呆《あき》れたふりをしてから、気の毒そうに善助を見る。その表情が気に障《さわ》ったようで、年寄りの表情が険しくなった。

「浪人役は若侍や中間と違い、男と見紛《みまが》うほどだったと瓦版に書いてある。背恰好だって娘とは思えないほど大柄だったそうだ。お江戸がいくら広くとも、そんな娘がお芹ちゃんの他にいるものか」

「そんなことを言われたって、本人が違うと言ってんだもの。浮世絵《うきよえ》に描《か》かれる女だって、今日日《きょうび》はみな背が高いじゃありませんか。あたしのような大女もいまはめずらしくないんでしょう」

声を荒らげた善助に芹も負けじと声を張る。

いまは隠居しているが、善助は杉浦屋の主人だった。才たちの父親と顔見知りということも考えられる。

ここでうっかり認めれば、三人の素性も知られてしまうかもしれない。それだけは絶対に避けたかった。

「あたしにできるのは芝居じゃなくて、物まねです。酔っ払いをひと睨みで黙らせるなんて、器用なまねはできません」

三月四日のときだって、たまたまうまくいっただけだ。また同じことをやれと言われても、正直できる気がしない。ため息混じりに芹が言えば、善助は不満げに眉を上げた。

「水臭いねぇ。そんなに信用できないのかい」

「ですから、そういうことじゃなくて」

「わしはお芹ちゃんの芝居の才を見込んでおる。ここで聞いたことは他人《ひと》に絶対話さんから、この年寄りを信じてくれ」

こちらの言葉を遮って善助がひと息に訴える。しわ深い目に見つめられて、芹の心がかすかに揺れた。

嘘をつくのは苦手だし、善助は芹の芝居をほめてくれた。「八百蔵《やおぞう》の物まね」と言われたときは傷ついたが、悪気がないのはわかっている。

しかし一度認めてしまえば、少女カゲキ団のことを根掘り葉掘り聞かれるだろう。善助は「他人に絶対話さん」と言うけれど、うっかり口がすべることもある。秘密を守りたかったら、黙っているのが一番だ。

おっかさんやおかみさんにも内緒にしているんだもの。赤の他人に打ち明けるわけにはいかないわ。

芹は緩みかけた心のひもをしっかりと締め直した。

「信じていても、話すことはないんです。あたしが少女カゲキ団の役者なら、隠すどころか吹聴《ふいちょう》していますって」

「……本当かい？」

「ええ、少女カゲキ団は娘たちに人気があるんでしょう？　あたしが本当に浪人役なら、芝居の衣装で店に立ち、娘客を呼び込みますよ」

「では、神かけて違うと言うんだね」

相手のしつこい念押しに、芹は迷わずうなずいた。

役者は客を騙すのが商売だ。役者を続けるためにつく嘘ならば、芝居の神様もきっと見逃してくれるだろう。

善助は芹をじっと見据え、苦々しげに吐き捨てた。

「おまえさんの気持ちはよくわかった。急に呼びつけて悪かったね」

いままでになく尖った声が芹の胸に不安の種を残す。

だが、いまは何を言っても藪蛇《やぶへび》になりそうだ。芹はそそくさと離れを出て、杉浦屋を後にした。

二

芹の母、和《かず》の朝は早い。

隣で寝ている娘を起こさないよう気を遣ってくれるけれど、何しろ狭い長屋のことだ。母が足音を忍ばせても、おのずと目が覚めてしまう。芹は眠い目をこすって身体を起こした。

「おや、起こしたかい」

「うん、おはよう」

「ああ、おはよう。ありがたいことに、今日もいい天気になりそうだよ」

暗がりの中、母のひそめた声がした。お天道様は行商人にとって一番の味方である。

いまの時刻は夜明け前の明け七ツ（午前四時）。壁の向こうはみな寝ているので、大きな声は近所迷惑になる。

芹は大きな欠伸《あくび》をしてから「よかったね」と微笑《ほほえ》んだ。さらに「気をつけて」と続ければ、母は「あいよ」と返事をして天秤棒を担ぎ出ていった。

村松町のそばには懐の厳しい旗本屋敷がいくつもあり、広い庭でこっそり青物を作っている。母は屋敷うちで食べきれない青物をひそかに買い取り、町人に売り歩いていた。

御目見《おめみえ》以下の御家人は、ない袖は振れぬと家来や奉公人に暇を出し、家族揃って内職に励んでいる。

だが、御目見以上の旗本は痩せても枯れても殿様だ。お役目に就いていない小普請《こぶしん》でも乗る当てのない馬を飼い、家臣や奉公人を抱えている。おかげで、御家人よりも暮らしが苦しい家も少なくないという。

武士は食わねど高楊枝《たかようじ》。しかし、いくら楊枝をくわえても、食わねば腹は満たされない。そこで屋敷内で青物を育てて朝晩のお菜《かず》の足しにしているのだ。

——そりゃ、押上《おしあげ》や亀戸《かめいど》の百姓が育てた青物に比べれば、肥やしが足りないかもしれないけどね。もったいなくも旗本屋敷で育った菜っ葉や大根だもの。こっちのほうが品のいい味に決まっているさ。

母の言い分が正しいかはさておき、仕入れ先が近いというのはありがたい。棒手振《ぼてふ》りは本来男の仕事で、女には文字通り荷が重い。はっきり口にはしなくとも、母だって年々つらくなっているだろう。

あたしがもっと稼げれば、おっかさんも楽ができるのに。でも、まめやのおかみさんに給金を増やして欲しいなんて言えないし……。

芹は布団に潜《もぐ》り直して夢うつつで考える。明け六ツ（午前六時）の鐘で飛び起きて、井戸で水汲《みずく》みをしているときも、そのことが頭から離れなかった。

年頃の貧しい娘がまとまった金を得たければ、稼ぎのいい男と一緒になるか、色を売るかのいずれかだ。片親で大女の自分は玉の輿《こし》など乗れないし、色を売っても稼ぎはたかが知れている。

だが、近頃は――三つ目の道が頭に浮かぶようになった。

少女カゲキ団が認められ、大手を振って芝居ができるようになれば、自分は人気役者になれる。歌舞伎《かぶき》の名題《なだい》役者のように、年に千両の給金なんて贅沢《ぜいたく》は言わない。その十分の一、いや二十分の一の金を得られれば、母は働かなくてすむ。

うちのおとっつぁんだって、市村座で役者をしていた頃は年に七十両も稼いでいたって言っていたもの。おとっつぁんの言うことだから多少割り引いたとしても、年に五十両は稼げるはずよ。

いや三十両でもあれば、母は毎日夜明け前から旗本屋敷を回り、泥のついた野菜を仕入れて売り歩かなくてすむようになる。このすり鉢長屋を出て、母子二人で小ぎれいな家に住むことだってできるだろう。

ああ、どうして女は歌舞伎ができないのか。

芹は井戸水を汲む手は止めぬまま、勘平の台詞を口にした。

「いかなればこそ勘平は、早野三左衛門《はやのさんざえもん》が嫡子《ちゃくし》と生まれ、十五の歳よりご近習《きんじゅ》勤め。百五十石頂戴《ちょうだい》いたし、代々塩冶《えんや》の御扶持《ごふち》を受け、束の間《つかま》ご恩を忘れぬに、色にふけったばっかりに……」

父が立役《たちやく》の台詞ばかり教えたせいで、ひとりで稽古をするようになっても女形《おんながた》の台詞は覚えなかった。自分がひとりで重ねた努力は無駄になったと思っていたが、予想外の形で実を結ぶときが来るのだろうか。

娘だからと見捨てた子が、男装の人気役者になる。

そんなことになれば、おとっつぁんは地団太を踏んで悔しがるわね。それとも、「さすがは俺の子だ」と昔のように言い出すかしら。

楽しい芹の夢想はいつもここまでで止まってしまう。

自分を除く三人に役者となる気がない以上、いくら遠野官兵衛が評判になろうと、すべては夢物語である。ため息ひとつで気持ちを切り替え、芹は冷や飯に麦湯をかけて朝餉《あさげ》をすませた。

江戸では朝、飯を炊《た》くところが多いけれど、芹の家では夕方に炊く。でないと、母子揃って温かい飯を食べられない。

わずかばかりの汚れ物を洗い、手早く掃除をする。このときだけは家が狭くてよかったと思いつつ、雑巾がけを終えると下駄をつっかけて表に出た。

今日は待ちに待った四月八日、十日に一度の稽古日だ。急ぎ高砂町へと向かう途中、芹は杉浦屋の前で足を止めた。

隠居に呼び出されて今日で六日、いまのところ特に変わったことはない。見破られたと思ったときは生きた心地もしなかったけれど、あれだけ「違う」と言ったのだ。証もないのに言いふらしたりしないだろう。

芹は不安を鎮めてから、気を取り直して歩き出す。

そんなことより、今日は踊りを頑張らなくちゃ。年明けからずっと同じ踊りの稽古をしているもの。今日こそは終わらせないと。

五月二十八日の川開きまで、八のつく日は今日を入れて五日しかない。気合を入れて稽古所に足を踏み入れれば、才と紅と仁がすでにいて、なぜか睨み合っている。

ここに来る途中で五ツ（午前八時）の鐘が鳴ったのに、三人ともずいぶん早く来たものだ。ただならぬ空気にとまどいながら、芹は花円に挨拶《あいさつ》した。

「お師匠さん、おはようございます。あの、お才さんたちはどうしたんですか」

「少女カゲキ団で次にどの場面を演じるかについて揉めているのさ」

師匠がそう言ったとき、仁がいきなりこっちを向いた。

「お芹さん、いいところに来てくれたわ。次の芝居の台本ができたのよ」

笑顔で台本を差し出されても、芹はひらがなしか読めない。仁もそのことを思い出したようで、台本の中身を語り始めた。

「再会の場から半年後、水上竜太郎は再び飛鳥山で遠野官兵衛を見つけるの。前回と違い、官兵衛はその場で果し合いに応じ、竜太郎と中間の為八《ためはち》にあっさり討ち果たされてしまうのよ」

意外な成り行きに当の竜太郎が呆然《ぼうぜん》としているところへ、官兵衛と親しかった江戸勤番、高山信介《たかやましんすけ》が駆け付ける。そして「間に合わなかった」と悔しがったのち、竜太郎の父、竜之進《りゅうのしん》が藩を裏切り、公儀と通じていたことを二人に告げる。財政を立て直すため、どこの藩も公儀の定めの十や二十は破っている。それでも不正だと訴え出られれば、殿は切腹、藩士はすべて浪人の憂き目を見る。だが、竜之進の裏切りを藩の上役に密告すれば、本人はもちろん、息子の竜太郎もただではすまない。官兵衛は藩と竜太郎を守るため、乱心を装って竜之進を斬《き》ったというのである。

高山が去った後、竜太郎は官兵衛を斬った刀で喉《のど》をつく。為八が悲鳴を上げて泣き崩れたところで、「忍恋仇心中」は幕となる。

そう熱っぽく語り終えた仁の目は血走っていた。

「あたしはこの場面をどうしてもやりたいの。次の芝居が最後になるかもしれないなら、他の場面じゃ嫌なのよ」

三月にやった芝居は小半刻《こはんとき》（約三十分）もかからない、一幕とも言えない短いものだ。狂言を書いた仁としては、次こそ一番の山場を演じたいのだろう。

仁が台本の中身を語る間、芹は芝居をする自分たちの姿が目に浮かんでいた。才の演じる竜太郎が自分を斬り、最後は自害する。その亡骸《なきがら》に縋《すが》りつく紅の甲高い悲鳴さえ聞こえたような気になった。きっと、忠臣蔵の「勘平切腹」に負けない名場面になるだろう。

「ええ、次は『仇討《あだうち》の場』をやりましょう。集まった娘たちはひとり残らず涙で袖を重くするわね。ところで、高山は誰がやるの？」

「そんなの、あたししかいないじゃない。少女カゲキ団には役者が四人しかいないんだから」

そう言って仁は不敵に笑うと、胸を張って芹を見る。

〆の口上を言う瓦版売りより、官兵衛への義理立てと竜太郎への恨みに揺れる侍のほうがはるかにやりがいがあるはずだ。芹は何だかワクワクしてきた。

満開の桜の下で再会し、一度は逃げた官兵衛が色づいた木々の下で竜太郎の刃《やいば》に倒れる。地べたに横たわる官兵衛の亡骸に真っ赤な紅葉がヒラヒラと舞い落ちて、散った命が二度と戻らないことを若い娘たちに伝えるはずだ。

その最後の場面にはぜひ三味線《しゃみせん》を入れたい。物悲しい調べと中間の悲鳴が重なって、二人の悲劇がいよいよ胸に迫るだろう。

お師匠さんが頭巾《ずきん》をかぶって三味線を弾《ひ》いてくれないかな。今度の芝居は長くなる分、音がないのはさびしいからね。

音と言えば、ぜひとも柝《き》の音も欲しい。ここぞというときに盛り上がるし、芝居の終わりを告げられる。

柝を打つだけなら、才の供をしている兼《かね》だってできる――芹が虫のいいことを考える傍らで、仁は才と紅を流し見た。

「お才ちゃん、お紅ちゃん、あたしとお芹さんの気持ちはまとまったわよ。それでも反対するつもりなの」

「ふん、ようやく二対二になっただけでしょう。あたしは絶対反対よ。そんなご大層な芝居、あたしたちにはできないわ」

紅は吐き捨てるように言い、芹をじろりと睨みつける。

「よく考えて。あたしたちは芝居小屋の舞台で演じているわけじゃない。竜太郎が自害して為八が嘆き悲しんでも、定式幕《じょうしきまく》を引くどころか、緞帳《どんちょう》だって下りてこないのよ。お芹さんはどうやってこの芝居を終わらせるの」

定式幕は三座に許された三色の幕で、緞帳は小芝居で使う垂れ幕のことだ。定式幕は櫓《やぐら》に次ぐ官許《かんきょ》を示す目印で、小芝居を「緞帳芝居」と呼ぶこともある。いずれにしても、芝居に幕は欠かせない。

飛鳥山には幕がないから、まともな芝居は難しい。だから「仇討の場」は演じられないと、紅は言っているようだ。

お金持ちのお嬢さんはこれだから……ないことに文句を言うより、できることを考えなくっちゃ。

ないない尽くしを工夫とやる気で乗り越える。それが貧乏人の知恵というものだ。芹は怯むことなく言い返した。

「幕がなくとも、柝を鳴らせば芝居の終わりは告げられるでしょう」

「そのあとはどうするの。竜太郎と官兵衛は死んだことになっているのよ。見物客は二人の死を悼《いた》み泣き濡れているっていうのに、死んだ二人が立ち上がって何食わぬ顔で引き上げたら、興ざめもいいところだわ」

「だったら、お紅ちゃんはどの場面をやりたいのよ。言っとくけど、『再会の場』みたいな半端な芝居はしないからね。次にやるのが、少女カゲキ団の最後の芝居になるかもしれないんだから」

芹と紅の言い合いに横から仁が割り込んでくる。紅は不満げに口を尖らせた。

「それは……急にそんなことを言われたって……」

「あら、他にやりたい場面があるから、『仇討の場』に反対したんじゃないの？　そうでないなら、台本を書いたあたしの顔を立ててちょうだい」

かねてより「自分の思い通りの台本で芝居がしたいから、狂言作者と大夫元《たゆうもと》を兼ねたい」と言っていた仁である。紅は言い返せなくなり、悔しそうに唇を嚙む。

「お才ちゃんも『仇討の場』が嫌なら、どの場面がやりたいのよ」

続けて仁に問いかけられて、才は困った顔をした。

「あたしは水上竜太郎を演じる者として、『仇討の場』は荷が重いと言っているの。お仁ちゃんには悪いけど、うまくできる気がしないわ」

主役の竜太郎は台詞が多く、官兵衛との立ち回りもある。芝居を始めて日が浅い才が二の足を踏むのも無理はない。

しかし、それを乗り越えてもらわないと、少女カゲキ団の成功はない。芹は浮かない顔の才に努めて明るく話しかけた。

「そんなに心配しなくとも大丈夫だって。次の芝居は九月だから、お才さんはたっぷり稽古ができるじゃないか」

励ますつもりで言ったのに、なぜか才に睨まれた。

「お芹さんのように働いていなくとも、あたしはあたしで忙しいの。親の目を盗んで高砂町に通うのだって限りがあるわ」

世間のお嬢さんのように遊んでいるわけではないと返されて、芹は気まずく口をつぐむ。仁がとりなし顔で口を開いた。

「だとしても、心配いらないわ。お才ちゃんはよろず器用だもの。すぐに上達することと疑いなしよ」

「別にそんなことないわ」

「あら、ご謙遜《けんそん》。それに仇討の立ち回りは簡単なはずよ。官兵衛は手向かいせず、竜太郎に討たれるから」

芝居の中の立ち回りは、敵味方に分かれて激しく打ち合うものが多い。その場合、互いの呼吸《いき》や動きを合わせなければいけないが、今回は竜太郎が一太刀《ひとたち》浴びせるだけだと仁が言う。

「でも、たとえまねでも人を斬るなんて……」

しきりと不安がる才を見て、芹は目を丸くした。

同じ長屋の悪ガキは母親が裁縫に使う物差しを振り回している。心張棒《しんばりぼう》を持ち出した子と仇討ごっこをしていることもあった。

あたしなんて五つのときに、おとっつぁんから「盛綱陣屋《もりつなじんや》」の小四郎《こしろう》の芝居を教えられたのに。火吹き竹を脇差《わきざし》に見立てて、切腹のまねをしたもんよ。育ちのいいお嬢さんは変なところを気にするんだね。

芹にすれば、大野屋の蔵に眠っている千両箱のほうがよっぽど怖い。その金を手に入れるためなら、本物の殺しも辞さない輩《やから》が世間にどれほどいることか。

そんな大金と一緒に暮らしておいて、人を斬るまねが怖いなんて――腹の中で呆れていると、仁は「大丈夫よ」と請け合った。

「お才ちゃんは本番に強いもの。ともあれ、二人とも他にやりたい場面はないようだし、次は『仇討の場』でいいわよね」

「でも、さっきお紅ちゃんが言ったことはどうなるの。泣いている見物客の前で起き上がるなんて、あたしも気が進まないわ」

めずらしく食い下がる才に芹は肩をすくめた。

「役者が本当に死んでいないのは見物客も知ってるもの。芝居が終わって生き返っても、別に驚きはしないでしょう」

「……驚かなくても、がっかりはするんじゃないかしら。そのまま周りを囲まれて、身動きが取れなくなるかもしれないし……」

不安そうな訴えに芹は驚いて目をしばたたく。「考えすぎよ」と返事をしたが、才は首を左右に振った。

「先月十八日の芝居も大変な人出だったけど、人垣《ひとがき》の間から走って逃げることができたわ。でも、次もそうできるという保証はないでしょう。見物客の中に性質の悪い人たちがいて、『正体を白状しろ』と詰め寄られたら、どうするの」

「どうするのって言われても……」

「あたしとお紅ちゃんはそれが一番心配なの。『仇討の場』は客から走って逃げられないから、やりたくないと言ったのよ」

そう言われて紅を見れば、小さくうなずいている。十八日の芝居で見た娘たちの多さとその熱気に危ういものを感じたようだ。

「見物客は少女カゲキ団の贔屓《ひいき》ばかりなんだもの。無理やり正体を白状させられるとは思えないわ」

思い詰めた様子の才と紅を仁がなぐさめようとする。才は柳の葉のように形のいい眉をくいと上げた。

「あら、お仁ちゃんにしてはおめでたいことを言うのね。好きと嫌いは裏表、何かのはずみで、あたしたちの足を引っ張るかもしれないでしょう」

「それはそうだけど……」

「だいたい正体がばれて困るのは、お仁ちゃんだって一緒じゃないの。行雲堂はあちこちのお寺社に出入りしているはずよ」

小芝居は宮地《みやち》芝居とも言い、寺社の門前で興行することが多い。仏具屋の娘がもぐりで芝居をしていたなんて、寺社方の役人にばれたら困るだろうと言いたいようだ。

しかし、仁はけろりと受け流した。

「あれこれ案じてばかりいたら、女は芝居なんてできないわ。少女カゲキ団をやると決めたからには、腹をくくってやらないと」

「お仁さんの言う通りよ。三月の芝居だって一度目は酔っ払いに絡まれて冷や汗をかいたけど、二度目は何もなかったじゃない。三度目だって何もないわよ」

そう言った芹の頭には、小柄な色黒とぽっちゃり色白の二つの顔が浮かんでいた。

こういう贔屓がいると教えれば、才も安心するだろうか。それとも、かえって不安になるか。

ついでに杉浦屋の隠居のことも頭をかすめたが、これは言わないほうがよさそうだ。

芹がいろいろ迷っていると、才は大げさにため息をつく。

「一度目と二度目の芝居は、間が十四日しか空いていなかったもの。次の芝居は半年も先になるのよ。同じに考えることはできないわ」

確かに半年も音沙汰がなければ、贔屓の熱が醒《さ》めてもおかしくない。

九月の飛鳥山には、果たしてどんな人たちがいるのだろう。紅葉狩りの江戸っ子ばかりで、少女カゲキ団の贔屓はひとりも残っていないだろうか。

案外、幇間の父が客のお供で来ていることも考えられる。官兵衛を演じる芹を見て、実の娘と気付くだろうか。

迷いは迷いを生み、より大きな不安を呼び覚ます。いつの間にか黙り込んだ四人を見て、花円師匠が見かねたように口を出した。

「ああ、まどろっこしいったらありゃしない。才花《さいか》は正体がばれるのが怖くって、次の芝居に出たくないんだろ。そんなに嫌なら、やめればいいじゃないか」

身も蓋《ふた》もない言い方に仁は慌てて師匠を止めた。

「お師匠さん、勝手に話を変えないでください。お才ちゃんは芝居に出ないとは一度だって言っていません」

「才花は男の恰好がしてみたかっただけだからね。たとえ芝居でも、果し合いなんぞやりたくないのさ。才花、それが本音だろう？」

師匠の言葉に才はおどおどと目を伏せる。だが、すぐに気を取り直し、挑むような目つきで睨み返した。

「お師匠さんだって、このことが世間にばれたら困るでしょう。少女カゲキ団の役者が東流の弟子だとわかってしまいますよ」

東流の弟子は嫁入り前の娘がほとんどだ。親に内緒で弟子の遊びに手を貸していたと知られれば、花円を信じて娘を預けようとする親はいなくなる。たとえ偉い方が後ろ盾でも、東花円の名は地に堕《お》ちるだろう。

しかし、師匠は動じることなく微笑んだ。

「お気遣いはありがたいけど、あたしだっていつまでも若くない。新たな弟子を取るのはそろそろ控えようかと思っていたところなのさ。弟子入り希望がいなくなるなら、それこそ願ったりかなったりだよ」

師匠はどこまでも強気に言い切り、「それじゃ」と話を継いだ。

「才花と花紅《かこう》は少女カゲキ団をやめるんだね」

「お師匠さん、短気を起こさないでくださいな。お才ちゃんもお紅ちゃんも少女カゲキ団をやめるなんて一言も言っていません」

真っ青になった才たちに代わり、仁が慌てて口を出す。芹もさすがに黙っていられなくなった。

「少女カゲキ団は四人しかいません。お才さんとお紅さんがやめてしまえば、『仇討の場』どころか、どんな芝居もできなくなります。お師匠さん、お願いですから思いとどまってくださいまし」

「そんなことを言ったって、この二人は世間の目ばかり怖がっているんだもの。無理にやらせたら、かえってかわいそうじゃないか」

花円はそう言いながら煙草盆《タバコぼん》を引き寄せ、煙管《キセル》の火皿に煙草を詰める。そして吸い口をくわえて雁首《がんくび》を火入れに寄せたのち、白い煙を吐き出した。

「芝居興行だって、役者が替わることはめずらしくない。水上竜太郎と中間為八は他の子にやらせればいいだろう」

「お師匠さん、あいにく他の子なんていませんが」

「東流の弟子はあんたたち四人だけじゃない。才花よりも男の恰好が似合いそうな弟子に心当たりがあるんだよ」

煙管片手に言われた言葉に四人は揃って口を開いた。

師匠が少女カゲキ団に関わったのは、「芝居を教えてほしい」と才が中心になって口説いたからだ。その才と紅をあっさり見捨てて、別の弟子を少女カゲキ団に入れようとするなんて。

芹はにわかに信じられず、口を閉じるのを忘れてしまう。才と紅は泣き出しそうな顔になり、仁だけ怒ったように眉を上げる。

「お師匠さん、それは困ります。役に合わせて顔を隠していたあたしやお紅ちゃんはまだしも、お才ちゃんは顔を隠していませんでした。水上竜太郎の役者を替えたら、見物客から文句が出ますよ」

才の若衆姿は絵に描いたように美しかった。下手に役者を替えたりすれば、見物客ががっかりする。そのせいで野次でも飛べば、芝居が台無しになりかねない――仁はそう言いたいのだろう。

「それに東流の弟子だから、信用できるとは限らないでしょう。口と頭の軽い娘はごめんです」

「そこはあたしだって承知しているさ」

仁の懸念に苦笑して、師匠は煙管を灰吹きに打ち付ける。残った細かい灰を息で吹き飛ばし、再び煙草を詰め始めた。

「才花が言ったように次の芝居は九月にやる。少女カゲキ団そのものが忘れられていたら、水上竜太郎の顔だって忘れられているだろう。役者が前と違うなんて気付かれないんじゃないかねぇ」

そう言う師匠の顔には意地の悪い笑みが浮かんでいて、芹は「ひょっとしたら」と思い当たった。

お師匠さんは他の弟子を少女カゲキ団に入れると言って、「仇討の場」をやりたがらないお才さんたちを脅かしているのかも。

才たちが少女カゲキ団を本気でやめたがっているのなら、この脅しは通じない。だが、二人は贔屓の娘たちの数の多さとその熱気、そして「仇討の場」の難しさに怖気《おじけ》づいてしまっただけだ。

役者にとって、己の役を他人に奪われるくらい口惜しいことはない。それくらいなら、どんな不安も乗り越えて自らが演じようとする。そう思ったら案の定、才が迷いを振り切るように顔を上げた。

「お師匠さん、あたしは『仇討の場』の水上竜太郎を演じます」

「おや、急にどうしたのさ。無理をしなくていいんだよ」

よく見ると、師匠は「してやったり」という表情をしている。そのまなざしに含むところを感じたのか、才はかすかに眉を寄せた。

「正体がばれるのは嫌ですが、水上竜太郎をあたし以外が演じるのはもっと嫌ですから。ばれないように演じて見せます」

「それじゃ、花紅はどうするんだい」

師匠がわざとらしく小首をかしげると、いまにも泣きそうな紅に代わって才が「やめません」と言い切った。

「あたしが水上竜太郎なら、中間為八はお紅ちゃんです」

「そりゃよかった。あたしが声をかけようと思っていた当てはひとりだけでね。二人揃ってやめられたら、厄介だと思っていたのさ」

煙管に火をつけた師匠は満足そうに白い煙を吐く。

いまの言葉はやっぱりハッタリだったんだ。お師匠さんも本当に人が悪いんだから。

芹はひそかに呆れたが、「仇討の場」を演じることになったのはありがたかった。

それから間もなく、踊りの稽古がある芹を残して三人は稽古所を出ていった。


「ほら、もっと指先まで気を遣って。またへっぴり腰になっているじゃないか」

花円は三味線を弾く手を止め、鋭く小言を言い放つ。芹は「すみません」と謝って再び踊りだすものの、いくらも進まないうちにまた音が止まった。

「何度言ったらわかるのさ。踊りはただ振付通りに手足を動かせばいいってものじゃない。気持ちの入らない踊りなんて、見せられるほうもたまったもんじゃないんだよ」

苛立《いらだ》ちもあらわに吐き捨てられて、芹は力なくうなだれる。それでも三味線が鳴りだせば、気を取り直して踊るしかない。

稽古を始めてもう四月目、振りはすべて頭に入っている。

そもそも踊りを始めたばかりの子供でも踊れそうなたやすい振りだ。こんなに手間取ることになるとは師匠も思っていなかっただろう。

花円に弟子入りしたのは去年の暮れだが、幼いときは父に学び、その後は花円の稽古をのぞき見て、ひとりで踊りの稽古を重ねてきた。だからこそ、「京鹿子娘道成寺《きょうがのこむすめどうじょうじ》」の「道行《みちゆき》」を東流の名取の前で踊ることができたのだ。

むしろ基本を見直そうと、師匠が長唄《ながうた》の「四季の月」に最初に教わるような振りをつけてくれた。当然、すぐさま踊れるようになると思っていたのに、とんだ見込み違いである。

とはいえ、上達しない理由に心当たりがないではなかった。四季折々の月を眺めるという長唄の歌詞が退屈なのだ。

芹はいままで自分が踊りたいと思ったものだけ見覚えてきた。男に捨てられて狂う女、鬼となって暴れる女、突然獅子《しし》となる女など、難しいと言われる踊りほど夢中になって稽古をした。たとえうまく踊れなくとも気持ちは役になり切ることができたのに、今度はちっともその気になれない。

こんなところで手間取っていたら、いつまで経っても東流の名取になれないわ。あたしは一刻も早くお才さんたちに追いつきたいのに。

少しも減らない師匠の小言に芹はますます落ち込んでいく。

少女カゲキ団の他の三人は幼い頃から花円の教えを受けていて、中でも才の踊りは見事なものだ。踊りで培《つちか》われた動きの美しさは芝居でも生きている。

上手下手の差はあれど、踊れない役者はいない。

いままで「踊りが上達しないのは師匠がいないせいだ」と思っていたが、それは自分に都合のいい言い訳に過ぎなかったのか。

何度もやり直した末に、どうにか最後まで踊り終える。芹は縋る思いで花円を見たが、大目に見てはもらえなかった。

「ほら、もう一度始めから」

休む間もなく三味線をツツン、トン、シャンと奏《かな》でだす。芹は最初こそ踊りながら月見の情景を思い浮かべていたけれど、いつしか違うことを考え始めた。

次の芝居は九月にやると、世間に知らせる方法はないかしら。いまはいい天気が続いていても、梅雨入《つゆい》りすれば雨が続く。足元の悪いときに飛鳥山まで赴《おもむ》いて、怪我《けが》でもしたら大変だもの。

十八日に撒いた引札に、「次の芝居は九月」と書いておけばよかった――いつもの後悔したところで、三味線の音がピタリと止まる。

「お芹、いま何を考えていたんだい」

「そ、それは、その……」

「よそ事を考えながら踊るなんて、あんたもえらくなったもんだ」

怒鳴る代わりに嫌みを言われ、芹は月を指さした恰好のまま固まった。

生垣《いけがき》の隙間《すきま》からのぞいていたとき、花円に稽古をしてもらえるお嬢さんたちがうらやましくて仕方がなかった。やる気のない弟子がいい加減に踊っていると、他人事《ひとごと》ながら腹が立った。

あたしならもっと真面目《まじめ》に稽古をする。やる気がないなら代わってくれ――と、どれほど忌々しく思ったか。それなのにいざ教わってみると、自分も集中して稽古をすることができないなんて……。

しかも、お嬢さんたちと違い、自分は師匠の情けで教えてもらっている。芹は急いで扇子をたたみ、板の間に額を擦《こす》り付けた。

「お師匠さん、申し訳ありません」

「あたしがあんたを弟子にしたのは、あんたのやる気を買ったからだ。それとも、こっちの見込み違いだったかい」

その声の冷たさに芹は内心青くなる。

簡単な踊りを繰り返し稽古させられて、うんざりしているのは師匠も一緒だ。いや、何度も同じ曲を弾かされる分、たまったものではないだろう。自分の慢心にようやく気付き、芹は震える声を絞り出す。

「本当にすみません。もう稽古の最中によそ事を考えたりいたしません。どうぞ勘弁してください」

東流を破門されたら、少女カゲキ団も続けられない。這《は》いつくばるようにして謝れば、芹の頭上に大きなため息が落とされた。

「ここで謝るくらいなら、なぜ真面目に稽古をしないのさ。金はともかくやる気もないんじゃ、とても付き合いきれないね」

芹が困って口ごもると、「今日の稽古はもうやめだ」と花円が言った。

「もう『四季の月』を弾くのは飽きちまったよ」

「お師匠さん、そんなことをおっしゃらずにもう一度お願いします」

身から出た錆《さび》とはいえ、十日後の十八日は違う踊りを習いたい。芹は食い下がったものの、花円の気持ちを変えられなかった。

「その気がないのに踊ったって、うまく踊れるはずがない。ところで、あんたは本当に踊りが好きなのかい」

「も、もちろんです」

いままでずっと師匠の踊りを夢中になって見つめていた。このところ思うようにいかないから、気が散っているだけだ。

「どうも、あたしは得手不得手があるようで……」

言い訳がましく続ければ、花円は呆れたような顔をする。

「不得手の踊りだから、何度も稽古をするんじゃないか」

「それはそうですが……そろそろ違う曲をやってみたくて……」

「『四季の月』は飽きたから、もう踊りたくないってのかい」

不機嫌に聞き返されれば、その通りでもうなずけない。前に「百遍踊って百遍同じように踊れなきゃ駄目だ」と師匠から言われている。ここでうかつなことを言えば、さらなる怒りを買うだろう。

黙って目を泳がせると、師匠がゆっくり息を吐く。

「何年も稽古をのぞいているから、筋金入りの踊り好きかと思いきや……あたしの眼《め》鏡違《がねちが》いだったようだ」

自嘲めいた声の響きに芹の息が一瞬止まる。生きた心地もしなくなり、師匠のほうへにじり寄った。

「な、生意気を言ってすみません。これからは心を入れ替えて稽古に励みます。お願いですから、見捨てないでくださいまし」

「何だい、いきなり取り乱して」

手を合わせんばかりの芹にかえって気分を害したらしい。顔をしかめる師匠に、それでも縋りつかずにいられなかった。

居並ぶ名取たちの前で白拍子《しらびょうし》を踊ったときから、自分はここの誰よりも踊りの才がある、一番師匠に見込まれていると信じてきた。いまさら「眼鏡違い」と言われても、「はい、そうですか」と引き下がれない。

役者は無理でも、踊りなら身を立てられる。そんな思いすら抱き始めていたというのに、またしても儚《はかな》く消えるのか……。

みじめな気持ちでうなだれれば、師匠の声がやさしくなった。

「お芹、落ち着いてあたしの言うことを聞くんだよ。あたしが眼鏡違いだと言ったのは、あんたの白拍子があんまり見事だったんで、あたしが勘違いしていたってことさ」

言われた意味を摑《つか》みかね、芹は顔を上げて師匠を見る。いまなお色香の残るその顔には苦い笑みが浮かんでいた。

「あんたは踊るより、芝居をしていたんだね。あたしはそのことをちゃんとわかっていなかったんだ」

師匠によれば、芹は心の底から役になりきってしまうため、踊りが少々まずくとも、見ている者を「そういうものか」と納得させてしまうらしい。

だが、『四季の月』は季節ごとの月夜の情景を歌った唄《うた》だ。春は桜の上に浮かぶおぼろ月、夏の月は大川の花火に照らされて、虫の音を聞く秋の月、雪がまぶしい冬の月――振りは歌詞の当てぶりで、そこに演じるべきはっきりした役はない。芹は芹自身のまま踊らざるをえなかった。

「素の自分で踊ると、あんたはとたんにぎこちなくなる。白拍子を踊ったときのような見る者を圧倒する輝きが消えて、ただの背ばかり大きな町娘になっちまう。あたしも混乱しちまったよ」

花円自身、どうしてこんなに違うのかと頭を悩ませていたらしい。納得がいかないまま芹の稽古を続けて、ようやく思い至ったそうだ。

「つまるところ、あんたはどう転んでも役者なのさ。『京鹿子娘道成寺』は歌舞伎の所作事だからお手の物でも、『四季の月』はそうじゃない。あんたは役という衣を着ないとうまく踊れないようだ」

言葉を尽くして説明されて、いろんなことが腑《ふ》に落ちた。

「道行」の白拍子を踊っている間、芹は自分を裏切った僧への思いで一杯だった。義太夫の語りはそっくり芹の思いだから、頭であれこれ考えなくとも手や足が勝手に動いてくれた。

ところが、「四季の月」は何度踊っても、身体が勝手に動かない。ここで右手をひさしにして、右を見てから左回り――という具合に、頭で命じないといけないのだ。さらにどんな気持ちで踊ればいいか、いまでも摑み切れていない。白拍子の気持ちは考えなくともわかったのに。

呆然とする芹に構わず、師匠が続けた。

「あたしが子供のときなんて、太鼓《たいこ》や三味の音が聞こえると意味もなく身体が動いたもんさ。祭りの山車《だし》の前で浴衣《ゆかた》姿の芸者衆が踊っていると、どこまでもついていきたくなった。あんたはそういう覚えがあるかい」

「……いえ」

「知らぬ間に踊りの足さばきをしていたり、手が振りをしていたとか」

「ないと思います」

花円や才の踊りを見て、釣られて踊り出したことはある。

だが、何かの音を聞いただけで踊り出したことはなく、気が付けば踊っていたということもない。知らぬ間に、芝居の台詞を呟いていたことはあるけれど。

最初に見たお師匠さんの踊りが「娘道成寺」でなかったら……幼いあたしは魅せられなかったかもしれない。

そして、花円はすっきりしたと言いたげに目を細めた。

「踊りは所作事がすべてじゃない。むしろ『四季の月』のように素で踊るほうが多いんだ。あんたはあたしが思っていたより、はるかに手間がかかりそうだ」

「お師匠さん、それじゃ……」

「ああ、当分『四季の月』の稽古だね」

では、面白くもない踊りの稽古がこれからも続くのか。芹はうんざりした弾みに名案を思い付く。

「だったら、次はお才さんになった気で踊ってみます」

「またおかしなことを言い出したね。どうして、才花が出てくるのさ」

じろりと横目で睨まれて、芹は自分の思い付きを説明する。

才は東流の名取の中でも一番うまい。その才になったつもりで「四季の月」を踊れば、素の自分で踊るよりはるかにうまく踊れるだろうと。

「本当はお師匠さんになったつもりで踊ればいいんですけど、それはさすがに恐れ多くて。でも、お才さんなら何とかなると思うんです」

我ながらいい思案だと思ったが、花円は眉を寄せて見下すような目つきになった。

「馬鹿だねぇ。そんなことできるはずないだろう」

「え、でも」

「それに才花のまねをするなら、あんたが踊る意味なんてないじゃないか。最初から本物の才花に踊らせればいい」

容赦のない言葉に芹の頬が熱くなる。

善助の前で「勘平切腹」を演じたとき、「八百蔵にそっくりだ」と言われて、芹はひそかに腹を立てた。だが、才のつもりで踊ったら、「お才ちゃんにそっくり」はほめ言葉になってしまう。途方に暮れてうなだれれば、師匠に肩を叩かれた。

「ここは焦らず、じっくり腰を据えて踊りの稽古をしてごらん。苦労して身につけたもんには、苦労したなりのありがたみがあるもんさ」

めずらしく優しい言葉をかけられて、芹はかすかに顎を引く。居たたまれない気分で身を縮めると、花円が「ところで」と話を変えた。

「才花たちが少女カゲキ団のことを親に隠すのはわかるけれど、あんたも内緒にしているのかい」

「は、はい」

なぜこんな話になったのだろう。芹はとまどいつつもうなずいた。

「どうして親にも隠すのさ。あんたの母親は役者だった亭主に惚れているんだろう。あんたが少女カゲキ団の役者だと知れば、喜ぶんじゃないのかい」

「とんでもない。うちのおっかさんは口が軽いんです。喜んだ弾みに、どこで口を滑らせるかわかりません」

それが巡り巡って瓦版のネタになったりしたら、大変なことになる。芹は我知らず身震いした。

「おまけに、まめやのおかみさんは役者嫌いです。あたしが役者のまね事をしていると知ったら、暇を出されるかもしれません」

「ああ、あのおかみさんは踊りの稽古も反対していたっけね」

花円は登美と会ったとき、派手に言い争っている。そのときのことを思い出したらしく、楽しげに笑った。

「残念だね。遠野官兵衛が手伝いをしている茶店なんて、若い娘が押し寄せてきそうなものなのに」

「寒いときならいざ知らず、夏は嫌でも客で混み合います。それでなくとも、杉浦屋のご隠居さんに疑われたばかりで……遠野官兵衛はあたしじゃないと言い張ってどうにか納得させましたけど、本当に胆《きも》が冷えましたよ」

今日だって杉浦屋の前を通るときは落ち着かなかった。芹が大きく息を吐くと、花円は不意に真顔になった。

「へえ、お芹は杉浦屋の先代と顔見知りだったのかい」

「はい、わざと貧しい身なりをしてまめやによく来ていました。お師匠さんも善助さんをご存じなんですか」

炭や薪《まき》は誰もが使うが、杉浦屋は問屋である。関わりがあるのかと首をかしげれば、花円は真顔のままうなずく。

「杉浦屋は町内の大店だもの。先代の顔くらい知っているさ。特にあの人の芝居好きは有名だからね」

「そうだったんですか」

「それにしても、どうして先代はあんたが官兵衛だと思ったんだろう」

まるで独り言のように呟かれ、芹は内心冷や汗をかく。少々恥ずかしかったけれど、ここは白状することにした。

「……前に、善助さんの前で『勘平切腹』を演じたことがあるんです。そのときは『市川《いちかわ》八百蔵にそっくりだ』と喜んでもらえたんですけど……」

歯切れの悪い説明に、花円は「なるほどねぇ」と呟いた。

三

大店の娘は乳母日傘《おんばひがさ》で育つ。

すぐそこまで出かけるときも、ひとりで出歩いたりしない。

幼い頃はかどわかしを心配し、年頃になると身代《しんだい》目当ての女ったらしに用心する。

そういう娘が数多《あまた》集まる東花円の稽古所には、奉公人が控える小部屋が玄関脇《わき》に用意されていた。

玄関と稽古場は一番離れているけれど、狭い町人の家のことだ。大声を出せば稽古場でのやり取りは奉公人に聞こえてしまう。

もとから秘密を知っている大野屋の女中の兼はともかく、紅と仁の供に何の稽古か知られるとまずい。そこで二人は稽古所に着くと、家に戻る刻限を伝えて追い出すようになったのだが、

「あら、お酉《とり》はまだ戻っていないの？　今日は話をするだけだから、一刻（約二時間）もかからないって言ったのに」

四月八日の四ツ過ぎ、玄関脇の小部屋に兼しかいないのを知って、不機嫌だった紅の顔がますます仏頂面になる。兼は顔見知りの女中を気遣ったのか、ためらいがちに言い訳した。

「まだ早いので大丈夫と思っているんでしょう。間もなく戻ってくるはずです」

「まったく、どこで油を売っているのかしら。本当なら、お兼と一緒にここで待っていないといけないのに」

自分の都合で追い出しておきながら、紅は居丈高《いたけだか》に言い捨てる。そんな幼馴染《おさななじ》みの姿に才は胸騒ぎを感じた。

酉という女中は二十歳前後の真面目な女中である。それでも戻りが遅いのは、紅に

やましいところがあると見抜いているせいではないか。

だとしたら、これからもっと気を付けないと。お仁ちゃんもお紅ちゃんも「奉公人の口止めは大丈夫」と胸を張っていたけれど……。

仁は「すべての奉公人の弱みを握っている」と豪語し、跡取り娘の紅は「あたしに逆らえば、あることないことおとっつぁんに言いつける」と脅しているとか。だが、二人の脅しは本当に効き目があるか疑わしい。

紅の父、魚正の主人はどれほど娘に甘くとも、親から継いだちっぽけな魚屋を一代で大店にした商人だ。娘の口から出まかせにあっさり騙されてくれないだろう。仁が握っている奉公人の弱みだって、ささいなことかもしれないのだ。

このまま少女カゲキ団を続けて、何か起こったときに後悔しないか――才が常に感じている不安がまた大きくなったとき、勢いよく格子戸が開いて、女中が二人飛び込んできた。

「あ、あら、もうお帰りですか」

「今日はやけに早いんですね」

「だから、一刻もかからないはずだと言ったじゃないの。一服する暇もなくてすまないけれど、そのまま表に出てちょうだい」

遅れたことを謝らない女中たちに紅が嫌みたらしく言う。二人はきまり悪げに身体の向きを変え、閉めかけた格子戸をまた開ける。奥の稽古場からは、花円の引く三味線の音が聞こえてきた。

あら、今日も「四季の月」なのね。お芹さんはどんな稽古をしているのかしら。芹から聞いた話では、花円がわざわざ芹のために踊りの振りをつけたとか。今年に入ってずっと同じ曲で稽古をしているから、さぞかし上達しただろう。

後ろ髪を引かれたが、長居をしている暇はない。六人が表に出たところで、紅が酉を叱りつけた。

「あたしは一刻で戻るように言ったはずよ。言いつけを守ることができないなら、二度と稽古についてこないで」

人通りの多い表通りではないものの、人前で奉公人を叱るのはまずい。才は焦って幼馴染みの袖を引いた。

「お紅ちゃん、こんなところで声を荒らげるのはおよしなさいよ。時間に遅れたと言ったって、たいして待たされちゃいないでしょう」

「お才ちゃんは黙っていて。女中の間違いを正すのは、跡取り娘のあたしの役目よ」

言い返す紅を見て叱られた女中は青くなり、「すみません」と米つきバッタのように謝った。

「てっきり、今日もお稽古が長引くとばかり……次はお嬢さんの言いつけをきっと守ります。ですから、またお嬢さんの供をさせてください」

「いいえ、もう結構よ」

「お嬢さん、そうおっしゃらず。この通りお願いします」

膨れてそっぽを向く紅の前に回り込み、酉は両手を合わせて頼み込む。その必死さが才としては引っかかった。紅は気分屋のところがあり、供は気骨《きぼね》が折れるだろう。手を合わせて頼むほどやりたい仕事とは思えない。

お酉は一体何を考えているのかしら。ひょっとして、お紅ちゃんの弱みを探り出し、魚正のおじさんに告げ口する気じゃないでしょうね。

自分に後ろ暗いところがあるせいか、考えることが物騒になる。才が知らず目を尖らせると、仁が横からしゃしゃり出た。

「こんなに謝っているんだもの。いままで通り供をさせてやりなさいよ。お吉《きち》もそう思うでしょう」

我関せずと仁の横に立っていた女中は、名を呼ばれてようやく他人事でないことに気付いたらしい。奉公先のお嬢さんである仁に「申し訳ありません。二度と時間に遅れませんから、これからもお供をさせてください」と頭を下げる。

　二人があまりにもペコペコするので、紅も不審を覚えたらしい。女中たちを見比べて首をかしげた。

「どうして、そんなにあたしたちの供をしたがるの。そりゃ、店で忙しく働くよりも楽だろうけど、稽古が終わるまで時を潰《つぶ》すのも退屈でしょう」

　問われた二人は目配せし合い、互いにそわそわと身をよじる。答えない女中に代わり、仁が笑って手を振った。

「お紅ちゃんはにぶいわねぇ。あたしたちの供をしないと、お酉は思うお人に会えないのよ」

「えっ、それじゃ」

「今日の戻りが遅かったのも、離れ難かったからじゃない？　あたしだって、うちのお吉が遅れたことを大目に見てやっているんだもの。お紅ちゃんもつべこべ言わずに許してあげなさいよ。人の恋路を邪魔するやつは、馬に蹴られて何とやらってね」

　茶化すような狂言作者志望の言葉に酉と吉は赤くなる。どうやら自分の考えは取り越し苦労だったようだと、才は安堵《あんど》の息を吐《つ》いた。紅はぽかんと口を開け、やや して嫌そうに顔をしかめる。

「いやらしい。朝っぱらから逢引《あいび》きだなんて」

「お紅ちゃんはまだ子供ね。お店者の色恋は大変なのよ。特に女はなかなか店を抜け出せないから、こういう折は貴重でしょう」

出かける口実に苦労しない男の手代と違って、女中は店から離れられない。遣いや買い物を命じられることがあっても、自分の都合で出かけることができないのだ。

だが、お嬢さんの稽古の供は、あらかじめ出かける日時が決まっている。しかも稽古の間中ひとりになれるとあれば、逢引きにはうってつけだ。

「二人のそわそわした様子を見れば、わかりそうなものじゃないの。お紅ちゃんの小さな目は節穴ね」

自分の読みが当たったせいか、望み通り「仇討の場」を演じることになったからか。上機嫌な仁にからかわれ、負けず嫌いの紅は盛大に口を尖らせた。

「なにさ、お仁ちゃんばっかりいい恰好をして。お酉はいつそんな相手ができたのよ。うちの棒手振り連中は相手にしていなかったのに」

「あの、あたしはそんなんじゃ……」

「あたしだっておっかさんに告げ口するほど野暮じゃないわ。だから、どんな人か正直に教えなさい」

「いえ、あの、本当に逢引きとかじゃなくって……あたしはただ眺めているだけで……」

もじもじと打ち明けられた内容は、確かに逢引きには程遠かった。酉の思う相手は西両国の広小路で独楽《こま》回しの大道芸をしている浪人だという。見目がいいので、子連れの母親がいつも群がっているのだとか。

「久しぶりに顔を出したら、あの人に声をかけられて……あたしのために普段はやらない独楽の刃渡りをやると言われてしまって……」

「そんなことを言われたら、帰るに帰れなくなるわよね。本当にお酉はうぶでかわいいわぁ。それじゃ、次はお吉の番ね」

「えっ」

「お酉の話を聞いて、自分は黙っているなんてずるいじゃないの。おまえも正直に白状しなさい」

仁はますます調子に乗って行雲堂の女中に詰め寄る。しかし、吉は「勘弁してください」と頭を下げるだけで、決して話そうとしなかった。

「水臭いわね。聞いたことは誰にも言わないわ」

「それでも、相手のいることですから」

奉公人に断られ、仁が鼻白《はなじろ》んだ顔をする。

だが、才に言わせれば吉が白状するはずがない。「奉公人の弱みを握っている」と威張っておいて、さらに秘密を聞き出せると思うほうがおかしいだろう。無言で呆れる才に代わって、紅がここぞと言い放った。

「お仁ちゃん、勘弁してやりなさいよ。人の恋路を邪魔するやつは馬に蹴られてしまうんでしょう」

まんまと一本取り返されて、仁は憮然《ぶぜん》とした表情になる。それから、咳払《せきばら》いをして話を変えた。

「そうね、奉公人の恋路より、あたしたちには大事な話があったわ。いまから三人で初音《はつね》に行って、これからのことを相談しましょう」

初音は稽古所の近くにある茶店で、才たち三人の行きつけだ。紅はすぐにうなずきかけて、思い出したように才を見る。才は小さくかぶりを振った。

仁の少女カゲキ団にかける意気込みはすさまじい。このまま初音について行けば、いいように丸め込まれるだろう。才はそれが怖かった。

最初はたった一度きりの花見の茶番のつもりだった。仁だってそのつもりだったはずなのに、思った以上に芝居が受けて欲が出た。

しかし、二度目の芝居が終わり、才は日に日に不安を強めていった。

三月十八日の飛鳥山はすでに桜が散っていた。にもかかわらず、大勢の娘たちは少女カゲキ団が現れるのを待っていた。

自分たちに向けられた掛け声と盛大な拍手、仁が撒いた引札で「少女カゲキ団」の名はあっという間に娘たちの間で広がった。他人の口から「少女カゲキ団」の名を聞くたびに、才は心の臓が跳ねる。

もはや花見の茶番と言い逃れることはできない。

だからこそ、自分たちの正体がばれたときが恐ろしい。

仁に「仇討の場」の台本を見せられたとき、「この芝居は受ける」と思ったものの、同時に「あたしにできるかしら」と不安になった。また、いま以上に評判になるのも恐ろしくて、「やりたくない」と思ってしまった。

評判になればなるほど、少女カゲキ団の正体を調べる者も増えるだろう。引札には「我らが正体、詮索《せんさく》無用」と書いたけれど、誰もが従うとは限らない。飛鳥山には身なりのいい娘たちがずいぶんいたし、ひょっとしたら、自分の知り合いだって含まれていたかもしれないのだ。

それでも、「水上竜太郎は大野屋の娘だ」と見抜かれない自信はあった。箱入り娘が男の恰好をするなんて普通は思いつかないし、才は「よくできたお嬢さん」で通っている。

その証拠に、少女カゲキ団の噂の中に大野屋の「お」の字も出てこなかったが……。才は不安を抱えたまま、帰るための言い訳を口にした。

「おっかさんの実家で揉め事があって、このところ機嫌が悪いの。今日はまっすぐ帰らせてちょうだい」

「お才ちゃんのおっかさんの実家って、下り酒問屋の桝井屋《ますいや》でしょう。揉め事って何があったの」

狂言作者志望の性《さが》なのか、物見高い仁がすかさず食いつく。才は思わず苦笑した。

「たいしたことじゃないわ。ただ、そのせいでおっかさんと伯母《おば》さんが言い争いになったみたいで」

「へえ、お才ちゃんのおっかさんでも姉妹喧嘩《きょうだいげんか》をするのね。いつもおっとりと微笑んでいるから、怒ったりしないと思っていたわ」

馬鹿言わないで――と出かかった言葉を呑み込み、才は無言で肩をすくめる。仁の人を見る目もまだまだらしい。

「それなら、あたしも行かないわ。お仁ちゃん、また今度ね」

才が「行かない」と言った時点で、紅の返事も決まっている。仁は気を悪くした様子もなく、「わかったわ」とうなずいた。

「また今度、お芹さんも入れて話しましょう。お吉、ここから行雲堂まで道々話を聞かせてちょうだい」

「だったら、あたしたちは広小路に行きましょうか。ねぇ、お酉。あたしも男前の独楽回しを見てみたいわ」

お嬢さん二人は底意地の悪い笑みを浮かべ、顔色の悪い女中の腕を摑む。才は酉と吉に同情しながら、紅と同じ方向に歩き出した。


西両国の広小路は今日もたいそうな人混みである。

こういうところを歩くのに、振袖は具合が悪い。大きな荷物を抱えた人とすれ違うたび、長い袂《たもと》が他人にぶつかる。

芹ならきっと、「袖をからげて歩けばいい」とこともなげに言うだろう。それとも「振袖で人混みを歩くほうが間違っている」と言うだろうか。

そんなことを言ったって、あたしが人前に出るときは振袖と決まっているんだもの。ああ、男は楽でいいわよね。大店の若旦那だって着物の袖が長くなるわけじゃない。

裾《すそ》をまくって走っても白い目で見られることもないし。

男の着物をじかに着てみて、才はいよいよその思いを強くした。もっとも、自分の脛《すね》をさらして走ることは最後までできなかったが。

行く人来る人を避《よ》けながら、才はぼんやり歩いていく。紅たちとはすでに別れていた。

卯月《うづき》の空は霞《かすみ》がかっていない分、弥生《やよい》の空より青が濃い。その青よりもまだ青い菖蒲《しょうぶ》を抱えた花売りが才の前を通り過ぎた。さわやかな芳香《ほうこう》が鼻先をかすめ、才はある女性を思い出して足を止めた。

「お嬢さん、急にどうしました。おかしなものでも踏みましたか」

兼もまた立ち止まり、才の足元に目を向ける。

広小路には犬や馬の糞《ふん》が数多く落ちている。もっともな心配だが、いまは見当違いである。才は嫌な予感に怯えながら、あえぐように言った。

「ねえ、お兼」

「はい、お嬢さん」

「あたしが八丁堀《はっちょうぼり》に行かなくなって、どれくらいになるかしら」

「一月の末に行ったきりですから、まる二月《ふたつき》が過ぎましたけど」

怪訝そうに言われたとたん、才の耳から広小路の喧騒《けんそう》が遠ざかった。

八丁堀に住む町方役人の妻、小田島淑《おだじまとし》にお茶とお花を習い出したのは、才が十二のときである。その前は母から手ほどきを受けていたけれど、「身内相手は甘えが出る」といつものごとく父が決めた。

いまは月に一度になった三味線や琴と違い、お茶とお花の稽古は月に三度もある。才は芝居の稽古に集中したくて、淑に嘘をついてしまった。

――しばらくお茶とお花の稽古を休み、家のことを手伝うように母から言われました。

それが一月の末のことだった。

「お嬢さん、お茶とお花の稽古はまだ続いていたんですか。あたしはてっきりおやめになったんだと思っていました」

顔色を失った才を見て、兼は何となく事情を察したらしい。才はため息とともに首を左右に振る。

「あたしの一存でおとっつぁんが決めた習い事をやめられるはずないじゃない。飛鳥山での芝居が終わったら、また八丁堀に通うつもりだったのよ」

どうにか気を取り直し、才は道の端に寄る。兼もついてきたけれど、納得がいかないようだった。

「ですが、無断で稽古を休めば、八丁堀の御新造《ごしんぞ》様からうちの御新造さんに知らせが行くはずです。どうして二月も見逃してもらえたんですか」

「最後の稽古のとき、家の都合でしばらく休むと伝えておいたの。お師匠さんのところでも去年の春にご主人が亡くなって、半年近く稽古ができなかったでしょう。弟子に家の都合で休むと言われても、駄目だなんて言えないわよ」

詳しくは知らないが、幕臣である淑の夫はお役目の最中に急死したとか。その弔いに才が両親と行ったとき、白喪服の淑は傍目《はため》にも憔悴《しょうすい》していた。

いきなり頼みの夫を亡くして、その悲しみはいかばかりか。気の毒に思っていたら、その喪も明けないうちに夫の弟と再縁したと父から聞き、開いた口がふさがらなかった。

――仕方あるまい。小田島様の跡継ぎはまだ十歳だ。とはいえ、八つも下の部屋住みと一緒にならねばならんとは、お淑様も気の毒に。

――あら、物は考えようでしょう。この先ずっとさびしい後家でいるよりも、気心の知れた若い夫がいたほうがはるかによいではありませんか。

嫌みなのか、本音なのか。母の言葉に父は鼻を鳴らした。そして、「八丁堀に通うのはやめてもいいぞ」と才に言った。

――お茶とお花は一通り身についただろう。これ以上、稽古に通ったところで意味はない。

言外に「小田島家と縁を切れ」と言われたが、才は「稽古を続けたい」と父に言った。なぜか母も賛成してくれたので、父は強いて「やめろ」とは言わなかった。

才はそのとき、淑の子のことを考えていた。突然父を亡くした上に、「叔父上」と呼んでいた人を「義父上《ちちうえ》」と呼ぶ羽目になったのだ。心の中は嵐《あらし》の海のように荒れ狂っているだろう。

弟子の数が減れば、小田島家の稼ぎも減る。十歳の子に気苦労ばかりか、金の苦労までさせるのはかわいそう――と思って稽古を続けていたはずなのに、淑を見るたび余計なことを考える。

義理とはいえ、弟だった人を夫にして気まずくないのかしら。兄弟なら、見た目だって似ているでしょう。八つも下のそんな相手と床を一緒にするなんて、あたしだったら耐えられないわ。

それがたとえ再縁でも、当時十五の才にとって嫁入りは気になる出来事だった。花を活《い》け、お茶を点《た》てている最中も無心になんてなれなかった。

兼の淑を見る目はさらに厳しく、「前の夫が生きている間から、義弟と通じていたのではないか」と勘繰《かんぐ》ってしまうほどだった。

──小田島様の死因は秘密にされているんでしょう？　それは表沙汰にできない死に方をしたってことですよね。ひょっとしたら、自分の妻か弟にはめられたのかもしれませんよ。

そう考えたのは兼だけではなかったのか、小田島家に通う弟子はめっきり少なくなったらしい。兼が勘違いしたのも無理はなかった。

「だとしても、よくばれなかったものですね。いっそ、この機にお茶とお花をやめてはいかがですか」

呆れ顔の兼にそう言われたが、父に「続ける」と言った手前がある。何より、嫁いでしまえば習い事は続けられない。

だが、兼は納得しなかった。

「お嬢さんだってお淑様のことをよく思っていないんでしょう。それでも、師と仰ぐことができますか」

心配そうに尋ねられて、才は正直に打ち明けた。

「本音を言えば、前のように尊敬はできないの。でも、あたしがお師匠さんの立場でも、一生後家を通すと断言もできないし……」

「気持ちはともかく、稽古は続けるということですね。でしたらいっそ、いまから行きますか」

両国から八丁堀はそれほど遠くないけれど、さすがにいますぐは気が引ける。兼の切り替えの早さに才はとまどった。

「ちょ、ちょっと、待って。今日は朝からいろいろあって、頭の中がこんがらがっているんだもの。いまから八丁堀に行き、何食わぬ顔で嘘をつくなんてできないわ」

「でしたら、今日稽古所であったことをあたしに話してください。そうすれば、頭の整理ができるでしょう」

真剣な表情で促され、才もその気になる。そして、人であふれる広小路の向こうに目をやった。

「ここでは話せないから、この先のお稲荷《いなり》さんまで付き合って」

才は前に芹と話をした広小路脇の稲荷に向かった。

初めてそこに行ったときは、男の芝居が苦も無くできる芹が癪《しゃく》に障って仕方がなかった。

いまだってその気持ちは残っている。今日、少女カゲキ団に残ると言ったのも、芹に負けたまま終わりたくなかったからだ。何より、他の娘が水上竜太郎を演じるのは嫌だと思った。

　芹が遠野官兵衛なら、水上竜太郎はこの自分だ。

　そう強く思う一方で、わき上がる不安も大きい。才は稲荷の裏にたどり着き、足を止めて振り返った。

　すぐそばの広小路は大勢の人であふれているのに、ここにはまるで人がいない。今日稽古所であったことをすべて兼に打ち明ければ、女中は険しい表情で口を開いた。

「それはまた大変なことになりましたね」

「そうなの。お仁ちゃんもお師匠さんも強引だから……あたしたちの正体が世間にばれたら、一体どうするつもりかしら」

　調子に乗って胸の不安を吐き出せば、兼は「でしたら」と返事をする。

「いますぐ少女カゲキ団をおやめになったらいかがですか。お茶やお花の稽古を再開すれば、高砂町に通う暇などなくなります」

　もっともな言い分に、才はうろたえた。

「で、でも、言い出しっぺのあたしが最初に抜けるのはまずいじゃない。役者が替わるのもどうかと思うし……」

「つまり、お嬢さんはもろもろの不安より、『仇討の場』を演じたい気持ちのほうが強いんですね」

兼は話をまとめると、才の頭のてっぺんからつま先までじっと眺めた。

「お嬢さん、本気で『仇討の場』を演じたいなら、もっと腕の力をつけたほうがいいですよ。いまのままじゃ、芝居に使う偽の刀もまともに扱えないでしょう」

ため息混じりに告げられて、才は顔を引きつらせる。芝居は本身の刀じゃないから、大丈夫だと思っていたのに。

「だったら、お兼があたしにヤットウを教えてちょうだい。そうすれば、お芹さんの官兵衛なんて目じゃないわ」

用心棒も兼ねる女中は、大野屋内で「女金太郎《おんなきんたろう》」の異名を持つ。先祖はさる藩《はん》の剣術指南役だったというし、木刀どころか二尺（約六十センチ）を超える真剣だって自在に操ることができるはずだ。

「お兼に護身術を教わるという名目があれば、大野屋でも稽古ができるもの。お兼もあたしに武芸の心得があったほうが、いざというとき安心でしょう」

我ながらいい思案だと思ったのに、兼は困ったように眉を下げる。

「お嬢さん、それは無理です」

「でも、札差は武家相手の商いだから、おとっつぁんはもちろん、うちの手代だって道場に通っているじゃないの。そこの娘が護身術を習っても何の不思議もないはずよ」

「ええ、懐剣《かいけん》や小太刀《こだち》を使うなら構いません。ですが、刀はいけません。女は腰に刀を差して歩けませんよ」

言われてみればその通りで、才は思わず口を押さえる。だが、小太刀の稽古では意味がない。

「だったら、隠れて教えてくれれば」

「それこそやめたほうがいいです。お嬢さんが隠れて袋竹刀《ふくろじない》を振っている姿を誰かに見られたら、それこそ今後の縁談に障ります」

兼の口から出た「縁談」の言葉に才は顔をしかめる。しかし、相手は気にしなかった。

「そんなに心配なさらなくとも、お嬢さんは東流の名取です。剣術も踊りも型がある動きですから、偽の刀を振り下ろす力があれば平気ですよ」

「でも……」

「お芹さんだってヤットウの心得はまるでなくとも、気迫で酔っ払いを動けなくしたじゃありませんか」

いきなり芹を引き合いに出され、才は何も言えなくなる。それを納得と取ったのか、兼が才の背を押した。

「さあ、これで話はすんだでしょう。いまから八丁堀に行きますか」

「いいえ、いまからだと御飯時にぶつかって失礼よ」

才はひとつため息をつき、蔵前へと歩き出した。


大野屋に戻ったのは、九ツ過ぎだった。母に帰った挨拶をしようとすると、苛立ちもあらわに睨まれた。

また伯母さんと言い争いでもしたのかしら。あたしが高砂町に行ったことがばれたわけじゃないわよね。

叱られる覚えはいろいろあるが、大丈夫だろうと高《たか》を括《くく》る。そうでなければ、親の目を盗んで勝手なことなどできはしない。才は何食わぬ顔で明るく言った。

「おっかさん、ただいま戻りました」

「いままで誰とどこにいたんです」

母は「お帰り」とすら言わないで、咎めるような声を出す。今日は出かける前に、誰と会うか言っておいたのに。

「お紅ちゃんと会っていました」

「それは本当なの」

実の母から疑いの目で見つめられ、才はさすがに憮然とする。

「おっかさん、あたしは本当のことを言っています。急にどうしたんですか」

会った場所は東花円の稽古所でも、紅に会ったのは本当だ。嘘ではないと心の中で唱えつつ、才はじっと母を見返す。ほどなく、母が根負けしたように目を伏せた。

「……あたしはさっき、八丁堀の小田島様のところへ行ってきました。これだけ言えば、何があったかわかるでしょう」

いつもより低い母の声に才の全身が凍りつく。自分が菖蒲の香りで淑を思い出したとき、母はまさに小田島家で淑と会っていたのか。

「まさか、我が子に嘘をつかれるなんて……こんな情けないことはありません」

「どうして、急に小田島様のところへ」

とっさに問い返してしまったのは、母が娘の師匠のところに顔を出すのは盆暮れに限ると承知していたからだ。母は舌打ちせんばかりに顔を歪《ゆが》め、「そんなのはどうだっていいでしょう」とそっぽを向く。その様子を見てピンと来た。

きっと八丁堀で桝井屋の騒ぎが噂になっていないか、探りに行ったに違いないわ。

まったく、なんて間が悪いのかしら。

才は年に数回しか顔を合わせない、身持ちの悪い従兄《いとこ》を呪《のろ》った。

母の実家の桝井屋では跡取りが商売女と懇《ねんご》ろになった挙句、その女が「若旦那の子を身籠《みご》もった」と店まで押しかけてきたのである。

気位の高い伯母はそれを知って半狂乱になり、母も毎日実家に顔を出していた。結局、腹に子がいるというのは偽りだったことがわかり、従兄の目が覚めたのはついこの間のことだ。

見栄っ張りのおっかさんのことだもの。桝井屋の跡取りの不始末が広まっていないか、気になって仕方がなかったのね。

なまじ親しい相手では、母の実家が桝井屋だと知っている。そこで、ほどほどに遠い知り合いである淑を訪ねたのだろう。

「不出来な甥が何とかなりそうだと思ったら、今度は実の娘に裏切られるなんて……お布施をはずんでお祓《はら》いでもしたほうがいいのかしら」

目の前で頭を抱える母に、才は何と返事をすればいいのかわからない。気まずい沈黙が長く続き、顔を上げた母と目が合った。

「お才、お茶とお花の稽古に行くふりをして、どこに行っていたの」

「………」

「まさか、おまえの従兄のように怪しげな相手と逢引きしていたんじゃないでしょうね」

実の母にふしだらなまねをしていると思われて、才の頬に血が上る。たまらず「そんなことしてませんっ」と声を荒らげた。

「だったら、おっかさんに正直におっしゃい。恥ずかしいまねをしていないなら、隠す必要はないでしょう」

本気の母の迫力に、才はすべて白状したくなった。

だが、そんなことをすれば「少女カゲキ団」どころか、二度と表に出してもらえなくなる。迷いに迷った末に、苦しまぎれの嘘をついた。

「……今年に入って習った踊りがちっともうまく踊れなくて……お茶やお花の稽古に行くと偽って、高砂町に通っていました」

消え入りそうな声を出せば、母の顔がくしゃりと歪む。

「どうせそんなことだろうと思った。もう踊りの稽古なんておやめなさい。人の妻になってしまえば、踊ることなんてないのだから」

「おっかさん、だからこそ、あたしはいま踊っておきたいの。嘘をついたのは悪かったけど、踊りの稽古を増やしたいと言ったって許してもらえないでしょう」

「当たり前です。踊りに力を入れすぎて、田中屋《たなかや》さんと湊屋《みなとや》さんから縁談を断られたことを忘れたのっ」

小鼻を膨らます母の前で、才は力なくうなだれる。しかし、母に見えない腹の中ではこっそり舌を出していた。

去年の暮れのおさらい会で、才は花円と共に「京鹿子娘道成寺」の白拍子を踊った。才が踊ったのは「道行」と「乱拍子《らんびょうし》」と「中啓《ちゅうけい》の舞」まで。残りを師匠の花円が踊り、紅や仁はもちろん、師匠や他の弟子の親たちからもほめられた。

――お才ちゃん、よかったわ。お師匠さんにも負けていなかったわよ。

――ただのお嬢さん芸じゃない、見る者の目を釘付《くぎづ》けにする見事な踊りだった。

――とびきり見目がいい上に、踊りも玄人《くろうと》はだしだなんて。うちの不器用な娘とは大違いだ。

――お才ちゃんなら大野屋が傾いたって、芸者で食べていけるわよ。

中には嫌み半分の言葉もあったが、才はいままでのおさらい会で一番満足していた。誰もが「お師匠さんに負けていなかった」と口を揃えていたからだ。

さんざん厳しくされたけれど、頑張って稽古をしてよかったわ。人まねじゃない、あたしだけの白拍子を踊れたもの。

しかし、跡取りの嫁の下見に来ていた本両替商の田中屋と廻船《かいせん》問屋の湊屋は、渾身《こんしん》の才の踊りが気に入らなかったらしい。どちらも年が明けてから丁重な断りを入れてきた。

――あれほど美人で芸達者なら、うちの倅《せがれ》の嫁にはもったいない。いっそお城に上げてみてはいかがですか。

――うちは商売柄、若い男の奉公人が多く居ります。お才さんのような若くて美しい嫁は揉め事の種になりかねない。倅はがっかりするでしょうが、縁がなかったと諦《あきら》めさせましょう。

田中屋と湊屋はいずれ劣らぬ大店だが、まだ嫁入りなんて考えられない。断られてほっとした才と違い、母は歯ぎしりして悔しがった。

二つの大店が才を巡って張り合えば、「さすがは大野屋のお嬢さん」と噂になること間違いなしだ。母は得意の鼻をうごめかせることができ、嫁入り後の親戚《しんせき》付き合いも有利になると踏んでいたらしい。

すっかり当てが外れた母は「踊りをやめなさい」と言い出した。

――おまえはもう名取なんだもの。この先踊りを続けたところで、得るものは何もないでしょう。踊りをやめれば、花円の稽古所に通えなくなる。焦った才が父に縋れば、「おまえの踊りは未熟だから、やめなくてもいい」と言ってくれた。

――おさらい会の白拍子もいささか外連味《けれんみ》が強すぎた。次は大野屋の娘らしく、もっと上品に踊りなさい。

父の言葉がなかったら、才は踊りをやめさせられていただろう。飛鳥山での芝居もできなくなっていたはずだ。

ここまでうまく隠してきたんだもの。これからだって隠してみせるわ。

才は覚悟も新たに三つ指をついて母を見る。「嘘をついて、すみませんでした」と頭を下げれば、苦々しげな呟きが返ってきた。

「おまえがむきになって踊りの稽古に励むのは、おとっつぁんに言われたからでしょう。おとっつぁんは芸を見る目はあるけれど、女が嫁に行ってから必要なものはご存じない。おまえが軽く見ているお茶やお花は嫁《とつ》いでから役に立ちます」

「これからはちゃんと八丁堀にも通います。だから、いままで通り踊りの稽古を続けさせてください」

早口で言って恐る恐る顔を上げれば、母は眉間《みけん》にしわを寄せている。そこで、才は奥の手を口にした。

「花円師匠の後ろ盾はいまを時めく御老中、田沼《たぬま》様なんですって。町方役人の御新造様より、花円師匠に取り入ったほうが何かと期待できそうでしょう？」

そんなことはかけらも気にしていないけれど、母は大いに気にするだろう。才がそう思った通り、母の目つきがさらに尖った。

「そういう下心があるのなら、あらかじめ教えておきなさい。親に内緒で勝手なことばかりして」

「ごめんなさい。でも」

「おまえはいつもそうやって『でも』や『だって』と言い返す。そういうところが生意気だと思われるんです」

直後に「でも」と出かかったが、危ういところで踏みとどまる。口をつぐんでうつむけば、母が諦めたようにかぶりを振った。

「ひとまず、お才の気持ちはわかりました。だからといって、おまえが親を裏切って勝手をしたことに変わりはないわ。それはちゃんとわかっているわね」

「はい」

「また同じことをしたら許しませんよ」

「はい、すみませんでした」

「小田島様の御新造様には、明日からまた稽古にうかがうと申し上げておきました。おまえからもちゃんと謝るんですよ」

「はい」

才はおとなしくうなずきながら、ホッと胸を撫《な》で下ろす。母は最後にひと睨みして、音もなく立ち上がった。

「今度のことはお兼も片棒を担いでいるんでしょう。二月もお茶やお花の稽古に行かなければ、おかしいと思うはずだもの」

「おっかさん、お兼は何も知りません。あたしが八丁堀に行かないのは、お茶とお花をやめたからだと思っていたんです」

今度は本当のことを言ったのに、母は才が兼をかばっていると思ったらしい。意味ありげに口の端を引き上げた。

「おまえがまた親に隠れて勝手をすれば、お兼に暇を出しますからね。気に入りの女中を追い出されたくなかったら、せいぜいおとなしくしていなさい」

「おっかさん、お兼ほど腕の立つ娘はめったにいません」

「だから何です。暇を出されたくなかったら、親に従えばすむ話でしょう」

母は問答無用とばかりに、音を立てて襖を閉める。才はその場に正座したまま、青い若葉が描かれた夏らしい唐紙を睨みつけた。

いままで一度だって、「お才はどうしたいの」と母から聞かれた覚えはない。いつも「こうすべきだ」「こうしなさい」と命じるだけで、才の気持ちは二の次だ。

きっと、母も同じような育てられ方をしたのだろう。恐らく娘時分には、いまの才と同じ不満や不安を感じたはずだ。それをすっかり忘れ果て、母としての都合と理想をただ娘に押し付ける。

大店に嫁に行ったところで、幸せになれるとは限らないのに。おっかさんがいい証拠じゃないの。

身代が大きいほど、主人の力は大きくなる。母は父の妾《めかけ》に盆暮れの挨拶をするけれど、その後は決まって隠れて酒を飲んでいた。

あたしは大店に嫁ぎたいなんてこれっぽっちも思わない。遠慮なんてしていたら、おっかさんの二の舞になるだけよ。こうなったら嫁入り前の思い出に「仇討の場」を見事に演じて、世間の評判をさらってやるわ。

どうせ、嫁入り後は窮屈《きゅうくつ》な暮らしを強いられる。その前にやるだけやっておかないと、きっと後悔するはずだ。

才は勢いよく立ち上がった。

四

四月九日は朝から厚い雲が空全体を覆っていた。

才は草履《ぞうり》ではなく下駄を履き、供の兼に蛇《じゃ》の目《め》傘《がさ》を二本持たせて家を出た。今日はたとえ嵐《あらし》になろうと、八丁堀まで行かねばならない。

二月《ふたつき》ぶりに会う淑は果たして何と言うだろう。嘘《うそ》をついて休んだことを遠回しに責められるに決まっていた。

思っただけでうんざりだけど、お芹さんだって茶店の客に頭を下げているんだもの。謝るくらいどうってことないわ。

芹の働く姿を思い出して、才は足を前に出す。

だが、これからのことを考えれば、おのずと歩みが遅くなる。兼はこちらの気持ちを思いやり、余計なことを言わずに歩いてくれた。

母によれば、花を活《い》けるのがうまいと嫁《とつ》ぎ先で大事にされるという。来客は床の間にある花を見て、その家の女主人の出来を見定めるとか。

――花には活けた者の心映えや考え方が表れるの。みっともない花を活ければ、その家のすべてが客人に見下されてしまいます。おまえは名のある大店《おおだな》に嫁ぐのだから、踊りよりもお茶やお花の腕前をしっかり磨いておきなさい。八丁堀の御新造《ごしんぞ》様には、しっかりお詫《わ》びするんですよ。

今朝も母からくどくど言われ、才はおとなしくうなずいた。

お茶もお花も奥が深いのは知っているが、いまだって人並みのことは十分できる。それに嫁入りしても縁が切れないのなら、なおさら稽古《けいこ》をしたくなかった。

「これからは、いままでのように高砂町に行けないのね」

我知らず独《ひと》り言《ご》ち、才は改めて不安になる。

昨日、母への反発から「仇討《あだうち》の場」を立派に演じようと決心した。

しかし、このままでは稽古をしている暇がない。今度は一幕が長い分、竜太郎の見せ場が多い。たくさんの台詞《せりふ》に仇討のときの立ち回り、自害して果てる動きまで――それらをいつどうやって覚えればいいのか。

次が少女カゲキ団を名乗っての最初で最後の芝居になるなら、見物客をがっかりさせる下手な芝居は見せられない。

親に隠れて稽古をする何かうまい手はないか。道々必死で考えるものの、今日の天気さながらにちっとも光は見えてこない。

こうなったら、お仁ちゃんに知恵を借りよう。仇討をやる気になったと伝えれば、喜んで力を貸してくれるわ。

そうと決まれば今日の稽古が終わり次第、仁の家に行かなくては。才はにわかに足を速め、八丁堀に足を踏み入れた。

この一帯は町方役人の住まいが多く、町方同心を「八丁堀の旦那《だんな》」とも言う。また御家人の多くは屋敷の庭に家作《かさく》を建て、町人に貸して店賃《たなちん》を取る。ただし、どれほど店賃が欲しくとも、直参《じきさん》の面目《めんぼく》にかけておかしな輩《やから》を店子《たなこ》にはできない。結果、八丁堀の借家には医者や学者が多いとか。

そんな周囲に逆らうように、小田島家では庭に畑を作り、そこで野菜を育てていた。季節ごとにその種類は変わり、いまは実がなる前の茄子《なす》ときゅうりが畑一面に生えている。

――旦那様は茄子がお好きで、それはたくさん召し上がるの。おかげで、茄子を育てるのはうまくなりました。

かつて小田島家に早く着きすぎた際、淑は畑仕事の汗を拭《ふ》きながらうれしそうに話してくれた。

死んだ夫の好物をいまは八歳下の後夫のために育てているのか。どんよりとした空の下、才はそんなことまで思ってしまう。

人はいつ死ぬかわからない。特に女はお産で亡くなる人がめずらしくないし、心残りがないようにしなくっちゃ。

才はしばらくして覚悟を決めると、そっと玄関の戸を開ける。「ごめんください」と声をかければ、奥から淑が現れた。

「お師匠《つしょ》さん、おはようございます。二月もお休みしてしまい、本当にすみませんでした。今日からまたよろしくお願いします」

才は謝罪と挨拶《あいさつ》をまとめて言い、相手の姿をじっと見つめた。

淑は芹ほどではないが、女にしては背が高い。顔立ちもきりりと引き締まり、いかにも武家の女という見た目をしている。

だが、夫を亡くしてから身体《からだ》の肉付きが薄くなり、儚《はかな》い風情《ふぜい》が加わった。恐らくいまの淑のほうが男の目を引くだろう。

だから、大年増《おおどしま》にもかかわらず、義理の弟に言い寄られたのかしら。それとも先々のことを考えて、お師匠さんが言い寄ったのかしら。

二月ぶりだというのに、師匠を前にすると下世話なことばかり頭に浮かぶ。ひそかに反省していたら、ようやく淑が口を開いた。

「お才さん、久しぶりです。今日はお稽古を始める前に話があります」

あらかじめ覚悟していた通り、やはり説教をされるようだ。才がついていこうとしたら、淑がいきなり振り向いた。

「女中さん、あなたの名は何と言ったかしら」

「兼でございます」

「ならば、お兼、あなたもついていらっしゃい」

「……はい」

兼がとまどった顔でこっちを見るが、淑の胸の内など才にだってわからない。おっかなびっくりついていくと、縁側のある南向きの座敷に案内された。兼は居心地が悪そうに襖《ふすま》のそばに控えている。

「昨日、お才さんの母上がお越しになり、あなたが親に内緒で稽古を休んでいたと知りました。なぜそんなことをしたのですか」

最初に聞かれたことが予想通りだったので、才はひとまずほっとした。昨日、母に伝えた事と同じように「踊りの稽古がしたかった」と答えたところ、淑から意外な返事が戻ってきた。

「それは嘘ね」

「えっ」

「あまり大人を見くびってはいけません。口から出まかせばかり言わないで、本当のことを正直におっしゃい」

まっすぐにこちらを見据《みす》えたまま、淑がぴしゃりと叱《しか》りつける。才は頭が真っ白になり、言葉が出てこなくなった。

母はちゃんと騙《だま》されたのに、淑はなぜ見破ったのか。まさか、自分が少女カゲキ団のひとりだとすでに察しているのだろうか。思わず兼のほうに目をやれば、平静を装いながらもやっぱり顔色が悪かった。

こういうとき、お仁ちゃんなら嘘がスラスラ出てくるだろうに。あたしときたら、まるで機転が利かないわ。

心の中で自分を罵《ののし》りながら、才は口を開いたり閉じたりする。淑が見かねたように目を伏せた。

「お茶とお花の稽古をずる休みして、踊りの稽古に通っていた。そんな見え透いた言い訳を大野屋の御新造は本気で信じたというのですか。もしそうなら、何と愚かな……大店の御新造様はとんと世間を知らぬと見えます」

独り言めいた呟《つぶや》きが才の胸に突き刺さった。

目の前の相手を見くびっていたと後悔してももう遅い。

淑は江戸市中に目を光らせる町方役人の妻なのだ。自ら出歩かなくとも、世間の出来事はおのずと耳に入るだろう。その中には、少女カゲキ団に関する話も含まれていたに違いない。

でも、どうしてあたしが水上竜太郎だとわかったんだろう。やっぱり、顔を隠して演じるべきだったかしら。

見えない冷や汗を滝のように流しながら、才は必死に考える。ここですべてを白状すれば、他の仲間に迷惑がかかる。

しかし、口から生まれた仁と違って嘘をつくのは苦手だった。母に「踊りの稽古に行っていた」と告げたのも、それがまるきり嘘ではなかったからだ。

掃除の行き届いた静かな座敷で、自分のあえぐような息遣いが耳につく。淑は待ちきれなくなったのか、居住まいを正して咳払《せきばら》いした。

「お才さんの口から言えないのなら、私が代わりに申しましょう」

白州《しらす》に引き出された罪人のように、才は目をつむって相手の言葉を待つ。間もなく耳に飛び込んだのは、ため息混じりの声だった。

「お才さんは、思うお人ができたのですね」

何のことかわからなくて、閉じていた目を大きく開く。

淑はその驚いた表情が図星を指された証拠と思ったらしい。委細承知と言いたげに重々しくうなずいた。

「年頃《としごろ》の娘が親に内緒で出かけるのは、男との逢引《あいび》きに決まっています。お兼も二人の仲に手を貸していたのでしょう」

自信たっぷりに決めつけられて、才の身体から力が抜ける。ここは相手の話に乗ってしまえと、兼に目配せして顔をそむけた。

「お師匠さん、あたしは……」

「ええ、あなたのつらい立場はよくわかります。お才さんは大金持ちの札差《ふださし》の娘、まてしてまれに見る器量《きりょう》よしです。武家の養女となってお城に上がれば、お部屋様になることも夢ではないでしょう。そこらの町人に思いを寄せていることが親に知れれば、引き離されるのは必定《ひつじょう》です」

なるほど、お師匠さんはそんなふうに勘違いをしてくれたのね。確かに、よくありそうな話だわ。

才は顔をそむけたまま、腹の中で何度かうなずく。行雲堂の女中だって、仁の供の合間を縫って男と逢引きしていたくらいだ。女が嘘をつくときは男絡《おとこがら》み——これが世の定番なのだろう。

「とは申せ、私もこのまま見て見ぬふりはできません。このことが表沙汰《おもてざた》になれば、お才さんの一生は台無しになる。悪いことは言わないから、両親に知られる前に手を切りなさい。いまならまだ間に合います」

ここで泣きながらうなずいて、最初からいない男と手を切るのは簡単だ。しかし、お茶とお花の稽古に通えば、芝居の稽古ができなくなる。才は思い切って顔を上げた。

「そんなことはできませんっ。あの人といますぐ別れるくらいなら、あたしは死んだほうがましだもの」

悲鳴のような声を上げ、才は肩を震わせる。

いまこそ少女カゲキ団で培《つちか》った芝居の伎《わざ》を示すときだ。まばたきをこらえてじっと淑を見つめれば、目の奥が熱くなってきた。すかさず何度かまばたきして、どうにか涙を絞り出す。

「お師匠さん、後生一生のお願いです。どうか、おっかさんには言わないで」

「お才さんの気持ちはわかりますが」

「あたしだって、あの人と本気で添えるなんて思っちゃいません。遠からずどこかの若旦那と縁談がまとまって、豪華な花嫁支度と共に嫁ぐことになるでしょう。大野屋の娘として生まれたからには、その覚悟はできています」

才はそこまでひと息に言い、ゆっくり息を吸いこんだ。

さあ、ここからが芝居の山場だ。

さらに気持ちを入れないと。

「でも、だからこそ……嫁入り前のいまだけは、好きなお人のそばにいたい。この先ずっと家に縛られて生きることになるのだもの。思い思われた思い出が欲しい……そう思っちゃいけませんか」

台詞を言ううちに調子づいて、徐々に声が震え出す。

縋《すが》るような目を向ければ、淑の顔には迷いが浮かんでいる。もうひと押しと見て取って、才は本音を吐き出した。

「世間の人はみな、あたしのことをうらやみます。でも、あたしは大野屋の娘でよかったと思ったことは、生まれて一度もありません」

この言葉に嘘はかけらも入っていないが、いつもなら「そんなことを言ってはいけない」と窘《たしな》められるところである。

果たして、淑は何と言うか。才は固唾《かたず》を呑《の》んで返事を待った。

「……困ったこと」

長く感じられた沈黙のあと、淑は顔をしかめてこめかみを押した。そして一度目を閉じてから、初めて目にする親しげな笑みを浮かべた。

「そんなことを言われたら、私だって女です。手を貸さないわけにはいきません」

「それじゃ、見逃してくださるんですか」

助かったと思いつつ聞き返せば、淑は苦笑してうなずいた。

「ええ、お才さんがお茶とお花の稽古に来なくとも、母上に告げ口はいたしません。ですが、稽古をまるでしていないのに束脩《そくしゅう》をいただくのは気が引けます。せめて月に一度はちゃんと稽古にいらっしゃい」

「はい、ありがとうございます」

これで高砂町に足しげく通い、「仇討の場」の稽古ができる。才が満面の笑みを浮かべると、淑の顔が厳しくなった。

「ただし、これだけは約束してちょうだい。いまの相手とは縁談がまとまり次第、別れるって」

「はい、約束いたします」

始めからそのつもりで、少女カゲキ団は結成されている。ためらうことなく請け合えば、淑は不安げな目つきになる。

「本当に大丈夫なのですか。お才さんがそのつもりでも、相手は違うかもしれません。無理心中でも仕掛けられたら、女は逃げられないのですよ」

「ご心配には及びません。供のお兼は並みの男より強いんです。いざとなれば、お兼が守ってくれますから」

そう言って兼を見ると、神妙な顔でうなずいてくれる。淑は一瞬ぽかんとして、それから口に手を当てて笑い出した。

「お才さんは見かけよりずっとしたたかなのですね。それを聞いて安心しました。それじゃ、稽古をいたしましょう」

立ち上がった淑が障子《しょうじ》を開けると、縁側には菖蒲《しょうぶ》が用意されていた。

ああ、やっぱりお師匠さんは菖蒲の花がよく似合う。菖蒲はその名の通り尚武《しょうぶ》の花、魔よけの花とされている。

才は葉の長さや向きに気をつけて、手早く花器に活けていく。菖蒲の他にもいくつか花はあったけれど、あえて一種活けにした。

花器の向きを直して「できました」と告げれば、淑はじっと菖蒲の花を見下ろした。

「久しぶりだけれど、腕は落ちていませんね。ここはもう少し葉をずらしたほうがいいでしょう」

でき上がった花の形をよく見てから、才は師匠《ししょう》に礼を言う。ふと縁側の向こうに目をやれば、音もなく雨が降り出していた。

「とうとう降ってきましたね。お才さん、傘は用意してきましたか」

「はい」

「だったら、大丈夫ね。次はお茶の稽古をしたいところだけど、今日はここまでにいたしましょう」

いきなり稽古の終わりを告げられて、才はきょとんとしてしまう。淑は口に手を当てて笑いをこらえているようだ。

「お才さんも鈍いこと。雨は忍び合う二人の味方です。思う相手がいるのなら、顔を見に行けばよいでしょう」

まさか、淑から逢引きを勧められるとは思わなかった。才は言葉に詰まった末に、馬鹿正直に聞き返す。

「あの、どうして雨は忍び合う二人の味方なのですか」

淑はひとしきり笑ってから教えてくれた。

雨の日は傘をさすので、顔を隠すことができる。髪や着物が乱れていても、雨のせいだと言い逃れができる。何より帰宅が遅れてもごまかしが利くそうだ。

「私も娘時分は雨を待ちわびたものですよ」

「それじゃ、お師匠さんも親に隠れて逢引きを」

この堅そうな師匠にもそんな昔があったのか。才が思わず声に出せば、淑は照れくさそうに目を伏せた。

「私の生家のほうが小田島家より家格が高かったので、実の親に反対されたのです。夫は私を娶《めと》るために、命がけで手柄を上げて……やっとの思いで夫婦になりながら、こんなに早く別れが来るとは夢にも思いませんでした」

西のほうに目を向けて、淑が懐かしそうに言う。

だから、才が稽古をずる休みして逢引きしていると思ったのか。

だから、弟子の気持ちを思いやり、嘘の片棒を担ぐ気になったのか。

いろいろと腑《ふ》に落ちる一方で、ひとつだけ腑に落ちないことがあった。

「それほど亡くなった旦那様を思っていらっしゃるなら、どうして喪が明けないうちに再縁なすったんですか」

去年の葬儀のとき、淑は白喪服を身につけていた。あれは二夫《にふ》にまみえずという覚悟の表れだったはず。ぶしつけな質問に淑は静かに答えてくれた。

「我が子に夫の家を継がせたければ、他に手がなかったのです。私は小田島家に嫁いだとき、実家から縁を切られています。思う相手と添えたとしても、常にめでたしめでたしとは限りません」

だから、いまの相手とは一緒になるな、親を怒らせるなと言いたいのか。すべて淑の経験から出た教えと知って、才は深くうなずいた。

「ありがとうございました。それでは失礼いたします」

才は兼に菖蒲を渡し、持参の蛇の目傘を手に持った。下駄を履いてきてよかったと思いながら、行雲堂を目指して歩き出す。

もはや相談すべきことはなくなっていたけれど、師匠の手前、まっすぐ帰るわけにもいかない。無言でどんどん歩いていくと、後ろから兼の声がした。

「お嬢さん、あの、どこに行くおつもりですか」

「もちろん、大事なあの人に会いに行くのよ」

振り向いてにっこり笑うと、兼がすべって転びかけた。

尾張町《おわりちょう》は江戸三座のひとつ、森田座《もりたざ》のある木挽町《こびきちょう》と堀を隔てたところにある。天気がよければ、芝居小屋の太鼓《たいこ》の音が聞こえてくる近さだった。

仁が「大夫元《たゆうもと》兼狂言作者になりたい」と夢見たのは、家が尾張町にあったからではないか。孟子《もうし》の母は我が子の教育によい環境を求めて、三度も引越したという。そのくらい人は身近なものに惹《ひ》かれやすい。

ならば、あたしにとって身近なものって何かしら。

才が雨の中でそんなことを思ったとき、傘を持たない娘が二人、近くの店の軒下に飛び込んだ。そして懐《ふところ》から手ぬぐいを出すと、髪や着物を拭き始める。

「ああ、悔しい。芝居小屋に入れないなら、せめて木戸越しに役者の声を聞いていたかったのに」

「客を軒下から追い出すなんて、森田座の木戸番はろくでなしよね。邪魔な積物《つみもの》をちょいと脇《わき》にどかしたくらいで、あんなに怒らなくともいいじゃないの」

「濡《ぬ》らしたくないものなら、しまっておけばいいのにねぇ。ああいうのをケツの穴が小さい男っていうんだよ」

この二人は森田座が満員札止めで入ることができず、芝居小屋の周りをうろついていたようだ。そこに雨が降ってきたので、贔屓《ひいき》が役者に贈った物――反物《たんもの》や菓子などを勝手にどかして雨宿りをしようとしたらしい。

そりゃ、怒った木戸番に追い出されても仕方がないわ。芝居小屋の前で積物にされるのは、大事な贔屓から贈られた高価な品ばかりだもの。

才は内心呆《あき》れながら、姦《かしま》しいやり取りに聞き耳を立てる。

このところ少女カゲキ団のことで忙しく、歌舞伎《かぶき》はすっかりご無沙汰《ぶさた》していた。だが、満員御礼が出るほど人気のある舞台なら見逃せない。二人の話が気になって、才は歩みを遅くする。

「評判の『草履打ち』が見たかったのに」

「やっぱり、明け六ツ前から並ぶしかないのかしら。ああ、あたしたちにもっとお金があれば、芝居茶屋を通して桟敷《さじき》を取ることもできるのに……あら、おさきちゃん、着物の裾《すそ》に泥がついてるよ」

年頃の娘の甲高《かんだか》い声は雨の中でもはっきり聞こえる。才が傘の陰から見ていると、「おさきちゃん」と呼ばれた娘は血相を変え、「どこよ、どこ」と言いながら、いきなり裾をまくり上げた。

「ほら、膝《ひざ》の下のところ」

「やだ、本当」

おさきちゃんは泣きそうな声を出し、手ぬぐいで泥を叩《はた》き落す。脛《すね》を剝《む》き出しにしたその姿に才は呆気《あっけ》に取られてしまった。

折からの雨で人通りは少ないものの、往来に面した軒下でする恰好《かっこう》ではないはずだ。誰《だれ》かやってこないかとハラハラしながら眺めていたら、おさきちゃんは泥が落ちた着物の裾をそのまま帯に挟んでしまう。丸い膝頭まで丸見えの足に、才の目まで丸くなった。

「こうなったら、この先の知り合いの家まで走っちゃおう。きっと傘を貸してくれるからさ」

「だったら、おさきちゃんがひとっ走り行って、傘を借りてきてよ」

「冗談じゃない。あたしと一緒に走るのが嫌なら、雨が止《や》むまでここで雨宿りをしてるんだね」

連れのずうずうしい願いを一蹴《いっしゅう》すると、おさきちゃんは軒下を飛び出していく。置いていかれたほうは慌てて裾をまくり、「おさきちゃん、待って」と追いかけていく。

二人が見えなくなってから、才は我に返って歩き出した。

脛どころか膝頭までしっかり見せて……あれが普通の町娘なら、大股《おおまた》で走れない自分を見て、芹が不思議がるのも無理はない。

とはいえ、もうすんだことだと、気を取り直して口を開いた。

「お兼、あの二人は森田座で何を見たかったのかしら」

「森田座はいま『加賀見山旧　錦絵《かがみやまこきようのにしきえ》』という狂言が大当たりだと聞きました。去年、浄瑠璃《じようるり》で評判だったものをさっそく歌舞伎にしたようです」

お家乗っ取りを企む岩藤《いわふじ》の局《つぼね》は、忠義の中老尾上《ちゆうろうおのえ》を目の敵にしている。町人上がりの尾上が剣術を苦手にしていると知り、試合を仕掛けて恥をかかせようとする。ところが、尾上に仕える下女のお初《はつ》は武家育ちの使い手で、逆に岩藤を打ち負かす。

岩藤はますます怒りを募らせ、尾上に家宝を盗んだという濡れ衣《ぬぎぬ》を着せた上、草履でさんざん打ち据える。辱《はずかし》めに耐えかねた尾上は主人を案じるお初を遣《つか》いに出し、その隙《すき》に自害してしまう。その後、お初は岩藤を討ち果たして見事主人の無念を晴らす――という筋書きだとか。

「さっきの二人も言っていましたが、この岩藤が尾上を草履で打ち据える『草履打ち』の場面が大変な評判のようです。岩藤を座頭《ざがしら》役者が演じていて、さらに岩藤に仕える腰元も立役《たちやく》を揃《そろ》えているので、そりゃもう大変な迫力だとか」

「なるほどねぇ」

立て板に水と説明されて、才は歩きながらうなずく。立役で女形《おんながた》もこなす役者は少なくないが、座頭が女形を演じるのはめずらしい。可憐《かれん》な女形をいたぶるさまは、さぞ憎らしげに見えるだろう。

「女が女の主人の仇《かたき》を討つなんて、さながら女の『忠臣蔵』ね」

岩藤が高師直《こうのもろなお》、尾上が塩冶判官《えんやはんがん》、お初は大星由良之助《おおぼしゆらのすけ》か。思い付きを口にすれば、兼が大きくうなずいた。

「お嬢さんのおっしゃる通り、この加賀見山は『女忠臣蔵』って声が上がっています。宿下がりしている奥女中が連日森田座に詰めかけているそうですよ」

「お家乗っ取りはともかく、意地の悪いお局は大名屋敷の奥にいそうだものね。岩藤を憎い上役と重ね、お初の仇討に溜飲《りゅういん》を下げているんでしょう」

仁は「男が目立たないと、座頭がやる役がない」と言っていたが、そんなことはないではないか。貫禄《かんろく》のある座頭は美しい女になれなくとも、美しい女を虐《しいた》げる憎らしい女には十分なれる。

「それにしても、女ばかり出てくる芝居を男だけの歌舞伎で演じるなんてね。あたしも見たくなっちゃったわ」

少女カゲキ団では女が揃って男に化けて芝居をする。男が揃って女に化けた歌舞伎を見れば、意外な気付きがあるかもしれない。そんなことを思っているうちに、才と兼は仏具屋行雲堂に無事到着した。

ウコン染めの暖簾《のれん》をくぐって店に入れば、ほのかに線香の香りが漂う。店先には仏壇の見本がいくつかあり、客が真剣な表情で手代の話を聞いている。手代のひとりが才に気付いて寄ってきた。

「いらっしゃいまし。大野屋のお嬢さん、うちのお嬢さんにご用ですか」

「ええ」

才はわざとそっけなくうなずいた。下手に愛想をよくすると、話が長引くことが多い。何食わぬ顔で用心すれば、手代が意外なことを言った。

「うちのお嬢さんに続けてお客様だなんてめずらしいこともあるものです。だから、雨が降りだしたかな」

「あら、先客がいるの」

「はい、橋本屋《はしもとや》のお嬢さんがお見えなんです」

間の悪いときに来たようだと、才はひそかに肩を落とした。

薬種問屋《やくしゅどいや》橋本屋は南伝馬町《みなみでんまちょう》にある大店だ。娘の静《しず》は自分たちよりひとつ下の十五歳で、仁とは昔から店ぐるみで親しくしていると聞く。東流の相弟子として才も顔見知りではあるけれど、仲がいいとは言い難い。

お静ちゃんはめったに家から出ないはずなのに。雨の中、わざわざ行雲堂に来るなんて、何かあったのかしら。

才は他人事《ひとごと》ながら、嫌な胸騒ぎを覚えた。

静は誰もが認める器量よしだ。才はよく「人形のようだ」と言われるけれど、静は見た目が整っているだけでなく、どことなく品がある。しかも目尻《めじり》の上がった切れ長の目をほんの少し細めただけで、歳《とし》に似合わぬ色香が漂う。

だが、身体が弱い上に極端な人見知りで、口数も少ない。才も付き合いは長いのに、挨拶くらいしかちゃんとしゃべった覚えがなかった。

橋本屋はそんな静を極力家から出そうとしない。せっかく東流のおさらい会に演者として選ばれても、何だかんだと理屈を並べて辞退させる始末である。稽古で高砂町に来るときも奉公人が二人付き添い、踊り以外の習い事は師匠が橋本屋に呼ばれるとか。

そんな面倒臭い相手と仁が親しくしていることが、才は昔から不思議だった。垂れ目の仁は一見やさしそうに見えるけれど、実は誰よりも口が悪い。おとなしい静と気が合うとは思えないのに。

二人とも芝居好きで盛り上がっているのかしら。でも、橋本屋さんは大事なお静ちゃんを芝居小屋に連れていくとも思えないし。たとえ桟敷を取ったところで、芝居小屋には柄の悪い男も大勢出入りする。おさらい会で踊るより、はるかに危険が多いはずだ。

才が考え込んでいると、「お嬢さん」と兼に袖《そで》を引かれる。そこでようやく我に返り、困り顔の手代に頭を下げた。

「でしたら、あたしは日を改めます。お仁ちゃんによろしく言ってくださいな」

淑との話の成り行きで尾張町まで来たけれど、いますぐ話したい用はない。才が踵《きびす》を返しかけると、手代に慌てて引き留められた。

「とんでもございません。このままお帰りいただいたら、手前が叱られます」

「でも、あたしは急ぎじゃないから」

「そうおっしゃらず。せめてうちのお嬢さんにお会いになってからお帰りください。すぐにご案内しますので」

静の邪魔をしたくないのに、手代はまるで耳を貸さない。熱心に促されて、才は仕方なく兼を店に残して母屋《おもや》へ向かった。

仁の部屋では、部屋の主と静が向かい合って座っていた。仁は親の仇でも見るような目で静を睨《にら》み、静は不満げに顎《あご》を突き出している。

一体何の話をすれば、互いにこんな顔になるのか。才はごくりと唾《つば》を呑み、恐る恐る声をかけた。

「あ、あの、お仁ちゃんに話があって来たんだけど……取り込み中のようだから、今日は帰るわね」

ちゃんと声をかけたのだから、もう帰ってもいいだろう。逃げるが勝ちと背を向ければ、なぜか静に引き留められる。

「お才ちゃん、ちょうどよかった。お仁ちゃんと一緒にあたしの話を聞いてちょうだい」

「い、いいえ、あたしは……」

遠慮します――と続けるはずが、逃がすものかと言いたげな静の目とぶつかって、断ることができなくなった。

これぞまさしく、飛んで火にいる夏の虫。身体の弱い世間知らずの静に、どうしてあたしは呑まれてしまったんだろう。

腹の中で不甲斐《ふがい》ない我が身を罵りつつ、才は仁の隣に腰を下ろす。やゃして静が口の端を上げた。

「いま、町娘の間で評判の少女カゲキ団の話をしていたの。お才ちゃんも聞いたことがあるでしょう？」

「え、ええ」

初《しょ》っ端《ぱな》から怪しい雲行きに、才は横目で仁を見る。仁は険しい表情を崩さないまま、じっと静を見つめていた。

「あたしはその芝居がどうしても見たくて、お仁ちゃんにお願いしていたの」

「あ、あの、どうして、お仁ちゃんにそんなことを頼むのかしら」

おっかなびっくり尋《たず》ねる声がみっともなく震えてしまう。いま才の背中はびっしりと鳥肌が立っているはずだ。

「ああ、お才ちゃんにもお願いしなくちゃね。少女カゲキ団の芝居をあたしに見せてくださいって」

静は才のほうだけ見て、朗らかに話を続ける。その流れからすると、目の前の美少女はこちらの秘密をすべて知っているようだ。

だが、さっきの淑のように何か勘違いしていることもある。才はすべてがはっきりするまでしらばっくれることにした。

「えっと、そんなことをあたしに言われても……」

「だって、少女カゲキ団はお仁ちゃんとお才ちゃんがやっているんでしょう」

あっという間に最悪の答えが出て、才は一瞬息を呑む。慌てて仁のほうを見たが、仏頂面でかぶりを振られた。

「あたしが話したんじゃないわ」

「あら、あたしにばれたのは、お仁ちゃんのせいでしょう」

笑い含みの静の声に仁の顔がいよいよ険しくなる。見慣れた垂れ目がいつもより上がって見えた。

「あたしはお仁ちゃんが書いた狂言の筋を知っていたから。瓦版《かわらばん》を見て、少女カゲキ団はお仁ちゃんの狂言をやっているってすぐにわかったわ」

勝ち誇ったように笑われて、才は内心ムッとした。

仁が書いた狂言の中身を才が知ったのは、去年の暮れのことである。それまでは長い付き合いながら、狂言を書いていることさえ知らなかった。静はその前から仁の秘密を知っていたのか。

「お仁ちゃん、これはどういうこと」

「どうもこうもないわ。お静ちゃんは思い違いをしているのよ」

苛立《いらだ》ちを込めて問いかければ、少々間を置いて仁がとぼける。まだしらを切るつもりと知って、才はすぐに口をつぐんだ。

「あたしは仇討狂言の台本を書いたことがあるけれど、少女カゲキ団はあたしと関係ないわ。主役の若侍が探していた仇と巡り合うのは、芝居のお約束だもの。でなきゃ、仇討ができないでしょう」

嚙《か》んで含めるように仁は静に訴える。だが、相手は鼻で笑い飛ばした。

「つまり、少女カゲキ団の芝居とお仁ちゃんの狂言が似ているのは、たまたまだって言いたいの？」

「そうよ。ねぇ、お才ちゃん」

いきなり同意を求められ、才は慌てて顎を引く。静は二人に目をやって面白くなさそうに眉《まゆ》を上げた。

「あたしは背恰好からして、水上竜太郎がお才ちゃん、仇の遠野官兵衛がお芹とかいう新入りだと思ったんだけど……それも違うと言うのね」

ものの見事に言い当てられて、才の顔がさらに引きつる。

ここまで見透かされていては、さすがにごまかしようがない。それでも仁が認めないので、静は大きなため息をついた。

「お仁ちゃん、往生際が悪いわよ。あたしは芝居の筋だけでお仁ちゃんの狂言だと思ったわけじゃない。出てくる人物の名まで一緒だから、間違いないと思ったのよ」

確かに、それは動かぬ証《あかし》と言えるだろう。仁は口をへの字に曲げ、恨めしそうに静を見た。

「……お静ちゃんに名前まで話したかしら」

「ええ、仇の官兵衛様はカッコいい二枚目役者に、主役の竜太郎は女形に演じて欲しいってしきりと力説していたじゃない。覚えていないの？」

首をかしげた静の前で、仁は頭を抱えてしまう。どうやら、かつて話したことをようやく思い出したようだ。

「二人も知っての通り、あたしは親がうるさくてめったに出歩けないでしょう？　先月の瓦版を一昨日《おととい》になって初めて見たの。あたしも満開の桜の下でお才ちゃんたちの芝居を見たかったわ」

まるで教えなかったこっちが悪いように、静が口を尖《とが》らせる。仁は頭から手を離すと、ゆっくり顔を上げた。

「親にも内緒にしているのに、誰が教えるもんですか」

「あら、いいことを聞いちゃったわ。だったら、行雲堂のおじさんに告げ口してしまおうかしら」

静は楽しそうにとんでもないことを口にする。才と仁は目を剝いた。

「そうなれば、お仁ちゃんだっていままでのように好き勝手はできなくなるでしょうね。お才ちゃんも親の目が厳しくなるわよ」

「あんた、あたしたちを脅すつもり？」

「人聞きの悪いことを言わないで。親に隠し事をするほうが悪いんでしょう」

笑いながら言う静に悪びれた様子はかけらもない。

おとなしい箱入り娘の知られざる一面に、才はしばし凍り付く。ややあって我に返ると、静に向かって手を合わせた。

「お静ちゃん、お願いだから黙っていて。親に知られると困るのよ」

「自分の頼みを聞いて欲しいなら、相手の頼みも聞くべきでしょう？」

ここで静の申し出を突っぱねたらどうなるか。才の脳裏に顔を歪《ゆが》めて叱り続ける母の姿が浮かび上がった。

父は冷ややかな表情で「三月《みつき》のうちに嫁に行け」と娘に告げるかもしれない。それとも、座敷に閉じ込められるか。

お静ちゃんの言いなりになるのは癪《しゃく》だけど、親に責められ、家に閉じ込められるのはもっと嫌だわ。

才はじろりと静を睨んだ。

「わかったわ。ただし、演じるのは一度きりよ」

腹をくった才の言葉に仁は無言で目を瞠《みは》り、静は「楽しみだわ」とうそぶいた。

幕間《まくあい》一　仁のため息

傍《はた》から見ればどんなに恵まれていようとも、人は不足を見つけるものだ。

仁だって多くの人に比べて恵まれているのは、百も二百も承知している。それでも「もしも、あたしが男だったら」と思うことはやめられない。たとえ男に生まれても、「大夫元兼狂言作者」になれないことはわかっていても。

色男、金と力はなかりけり。とかくこの世はひとつのことに恵まれると、他がうまくいかないものだ。

しかし、物語の中では、あらゆることが作者の思いのままになる。主人公は決まって窮地《きゅうち》に追い込まれるけれど、必ず土壇場《どたんば》で救われる。極悪非道な悪人は最後の最後で泣きを見る。

中にはお涙頂戴《ちょうだい》の心中《しんじゅう》ものもあるが、それはそれ。死んであの世で結ばれるなら、それもまた救いのある結末だろう。人は幸せな物語だけでなく、つらく悲しい物語も求めているものだから。

仁の頭の中では、絶えず自分の拵《こしら》えた人物が縦横無尽《じゅうおうむじん》に動いている。ただし、その人物の顔かたちや人となり、活躍するさまを活き活きと書くことは難しい。まして人に読まれると思えば、迷いが生じて筆が止まる。

水上竜太郎はこんなことを言わないわ。

遠野官兵衛は剣の達人だけど、わざと竜太郎に討たれようとしているんだもの。もっと相手を怒らせようとするかしら。でも、本心は違うから……。

読み直しては書き直すうちに、頭の中の人物はよりはっきりした目鼻を持つようになる。そして話は深みを増し、自分で書いたものを読んで自分で涙してしまう。傍から見れば滑稽《こっけい》かもしれないが、だからこそ狂言を書くのはやめられない。

四月九日の朝五ツ半（午前九時）、お天道様は久方ぶりに厚い雲で隠されていた。この様子では今日は一日顔を拝めないだろう。

朝から晩まで読み書きをする者にとって、お天道様の顔の出し具合は重要だ。明るい日差しが遮られると、たちまち文字が読みづらくなる。それでなくとも、仁は遠くの看板の文字が近頃読みづらくなってきた。

ひょっとして、目が悪くなったのかしら。でも、若い娘が眼鏡《めがね》をかけるなんてみっともない。あたしのそんな姿をおっかさんが見たら、悲鳴を上げてひっくり返るわ。

眼鏡を顔に当てる己の姿を思い浮かべ、仁はげんなりしてしまう。

世間で眼鏡を使うのは白髪《しらが》頭のご隠居か、細かい細工をする職人くらいだ。眼鏡をしている女なんて見たことも聞いたこともない。いくら自分が男受けする身体つきでも、さすがに縁遠くなるだろう。

あら、そう考えれば、むしろ具合がいいかしら。でも、あのおっかさんのことだもの。「眼鏡をするなら、二度と読み書きをするな」と言いかねないわね。

そんなことになったら、自分はおかしくなってしまう。仁は文机《ふづくえ》に「仇討の場」の台本を広げ、心持ち猫背になって己の書いた文字を追い始める。

そのとき、音を立てて襖が開いた。

「お仁、ちょっと聞いてちょうだい。芝神明宮《しばしんめいぐう》のおみくじを引いたら、凶が出たの。よその神社で引き直したほうがいいかしら」

大声を上げて入ってきたのは、仁の母の房枝《ふさえ》である。今年三十五の大年増ながら、見た目だけなら三十前で通るだろう。仁はこの母から大きな胸と細い腰を受け継いだが、中身は幸い似なかった。

おっかさん、襖を開ける前に声をかけてといつも言っているでしょう。人に行儀がどうのと言うのなら、まず自分が手本を見せるべきじゃないの。

仁は胸に渦巻く文句を抑え、ゆっくり母に向き直る。

「凶を引くのが嫌なら、おみくじを引かなければいいじゃないの。毎日のようにおみくじを引いていれば、凶が出る日も当然あるわよ」

さも呆れた口ぶりで母に言い、手近にあった黄表紙を広げたままの台本に載せる。これでひとまず目隠しになるだろう。

それから仁は立ち上がり、立ったままの母に歩み寄った。

「そもそも、仏具屋の御新造が神社通いなんかして。仏様が気を悪くなさるんじゃないかしら」

「おあいにくさま。あたしは神社だけでなくお寺だってお参りしています。おまえやうちの奉公人、さらにはうちのお客さんが日々つつがなく暮らせるのは、誰のおかげだと思っているの。あたしが毎日のようにお参りして、神仏に手を合わせているからよ」

母は自信たっぷりに言い、豊かな胸を突きだした。

自分は遊び歩いているだけなのに、「つつがなく暮らせるのはあたしのおかげ」と言い切れる面《つら》の皮の厚さはたいしたものだ。馬鹿馬鹿しいと思う反面、こういう人は多いと思い直す。

大店の娘の半分は、似たり寄ったりの身代《しんだい》を持つ大店の跡取りと一緒になる。残りの半分は様々で、好きな男と駆け落ちしたり、お屋敷に奉公に上がってお手がついたり、選《よ》り好みをしすぎて嫁に行きそこなったりする。

まれに好きな男を婿《むこ》に取る娘もいるが、その後が幸せとは限らない。芝居が何幕もあるように、人の人生も何幕もある。

それらを考え合わせれば、母は幸せなほうだろう。商いはもちろん、家内の取り締まりも夫に任せ、自分は寺社参りに精を出していられるのだから。

しかし別の見方をすれば、母は店の誰からも必要とされていないのだ。妻となり母となりながら、居てもいなくても一緒だなんてこれほど情けないことはない。仁は母と相対しているのがつらくなり、さっさと追い出すことにした。

「はいはい、ありがとうございます。どうぞこれからも神仏によろしくお願いしてくださいませ。あたしは叔父上に借りた書物を読んでいるところなの。続きを読みたいから、おっかさんは早く出ていって」

「何です、親に向かってその言い方は。おまえみたいに頭でっかちでかわいくない子は、嫁いでから苦労するんです。姑《しゅうとめ》に嫌われて出戻ったって、おっかさんはおまえの味方なんてしませんからねっ」

邪険にされて癪《しゃく》だったのか、母がたちまち目を怒らせる。

仁自身、頭でっかちでかわいげがない自覚はあったが、母親が面と向かって娘に言わなくてもいいだろう。立ったまま母子で睨み合っていると、開けたままの襖の間から父がひょっこり顔を出した。

「おや、出戻るなんて穏やかじゃないね。あたしは房枝を離縁する気なんてさらさらないよ」

「勘違いしないでくださいな。出戻るのはあたしじゃなくて、お仁です。この子ったら、本当にかわいげがなくって」

母は父にすり寄ると、自分に都合よくいまのやり取りを告げ口する。そして、自分の歳を忘れたように恥じらった。

「あたしがそんなことするもんですか。旦那様や子供たちを残して、出ていけるはずがありません」

「それを聞いて安心したよ。ところで、凶が出たのが気になるなら、別の神社でおみくじを引いてきたらいい。あたしもちょうど出かけるところだ。途中まで一緒に行こうじゃないか」

如才ない父にあやされて、機嫌を直した母が足取りも軽く部屋を出ていく。父は襖を閉めるとき、意味ありげな流し目を仁に寄越《よこ》した。

おとっつぁんのことだもの。どうせ、あたしに貸しひとつと思っているんでしょう。おあいにくさま、あれくらいの癇癪《かんしゃく》はどうってことないんだから。誰が恩になんて着るもんですか。

思うところはいろいろあれど、仁は母を嫌いではない。女であることをひけらかす生き方は相容《あいい》れないが、母はやっぱり母なのだ。

さっきだって、「出戻っても、おっかさんはおまえの味方をしない」と言っただけで、「出戻ってくるな」とは言っていない。

そんな母を掌《てのひら》の上で転がす父は、娘から見てもやり手の商人だ。仏具を商う行雲堂は「僧侶《そうりょ》と金持ちが相手の商売だ」と言い切っている。さらに「安物を扱っても儲《もう》からん」と言われたとき、仁は思わず言い返した。

――医者にかかれない貧乏人はすぐ死ぬし、世間に大勢いるんだもの。安い仏具があったっていいじゃない。

——貧乏人は生きるだけで精一杯だ。死んだ者に金などかけん。

間髪容《かんはつい》れずに言い返されて、妙に納得してしまった。地獄の沙汰も金次第とはよく言ったものである。

ちなみに、仁の身体つきは母親似だが、顔と中身は父親似だ。男女を問わず、細い垂れ目はやさしそうに見えるけれど、見かけに騙されてはいけない。仁は父を見ていつも胆《きも》に銘じていた。

行雲堂でいま一番の気がかりは、跡取りの弟が癇癪持ちだということだ。とはいえ、まだ十三歳、父がこの先しっかり仕込めば一人前の商人になれるだろう。父の血筋はみな出来がいい。

特に父の弟は優秀で、代々鍋島藩《なべしまはん》の御典医《ごてんい》を務める原田家《はらだけ》の養子になった。いまは養父の跡を継いで原田芳安《ほうあん》を名乗り、江戸屋敷で殿様や奥方様の脈を診ているという。仁は幼い頃からこの叔父にかわいがられていた。

そのせいで、とんでもないことにも巻き込まれたけど——腹の中で独《ひと》り言《ご》ちたとき、襖の向こうで声がした。返事をすれば、襖が開いて女中が顔をのぞかせる。

「お嬢さん、橋本屋のお嬢さんが間もなくお見えになるそうです。お遣いの方がいらっしゃいました」

「あら、お静ちゃんが来るなんてめずらしい。そのお遣いはどうしたの」

「もう帰りました」

「わかったわ。お茶の支度をしておいて」

音もなく襖が閉まり、仁はひとり苦笑する。南伝馬町の橋本屋から尾張町にある行雲堂まではおよそ十丁、歩いて小半刻《こはんとき》もかからない。

「さっきのおっかさんよりましだけど、急に来られると困るのよ。遣いは前日に出して欲しいわ。あたしだって都合があるんだから」

仁は文机のものを風呂敷《ふろしき》に包み、棚の上に置く。それにしても、めったに出歩かない静がこんな天気に何の用だろう。

「面倒なことでなければいいけど……」

仁は何だか胸が騒ぎ、外の物音に耳を澄ませた。


静と初めて会ったのは、仁が七歳、静が六歳のときである。

身体の弱い静は外で遊ぶことができなくて、歳の近い遊び相手がいなかった。そこで当時御殿医見習いで、静のかかりつけの医師でもあった叔父が自らの姪《めい》を紹介したのだ。

――お仁は歳に似合わずしっかりしている。あの子を妹分と思い、面倒を見てやってくれないか。

医者と薬は切っても切れない。叔父が進んで薬種問屋の橋本屋に気を遣ったのか、それとも橋本屋に頼まれたのかは知らないが、いきなり面倒を押し付けられた仁は思いきり顔をしかめた。

その頃、芳安は月に一度は実家の行雲堂に顔を出していた。いくら優秀さを見込まれたといっても、町人上がりは何かと肩身が狭いはずだ。いまにして思えば、実家で息抜きをしていたのだろう。

仁は土産《みやげ》をくれる叔父のことは好きだったが、身体の弱い年下の子の面倒を見るなんてまっぴらだった。そういう子はたいてい癇癪持ちで、思い通りにならないと泣いて暴れるに決まっている。仁がその場で断ると、なぜか父にも頼まれてとうとう逃げ場がなくなった。

こういうときは意地を張るより、引き換えに何かを得たほうがいい。仁は静の遊び相手を務める代わりに、習い始めたばかりのお琴と三味線《しゃみせん》の稽古をやめた。読み書き算盤《そろばん》は得意だけれど、楽器を弾《ひ》くのは苦手なのだ。

叔父に連れられて初めて静と会ったとき、少女はほとんど口をきかなかった。表に出ない子供の肌は青白く、まばたきの少ない切れ長の目がこちらの品定めをしているように見えた。どうやら歓迎されていないとわかり、仁は叔父を恨めしく思ったものだ。

だが、子供は良くも悪くも慣れるのが早い。女中に連れられて橋本屋に通ううち、二人は親しくなった。意外にも静は見た目と違い、人形遊びやままごとを嫌った。折り紙、お手玉、あやとり、おはじき、双六《すごろく》、かるた——室内でできることを一通りやりつくしてしまえば、二人でいても退屈だ。仁はさりげなく静から遠ざかろうとしたけれど、今度は橋本屋の番頭が行雲堂にやってきた。

——うちのお嬢さんはこちらのお嬢さんしか遊び相手がいないんです。どうか見捨てないであげてくださいまし。

いい歳をした大人に頭を下げられれば、こっちだって嫌とは言えない。叔父と父に頼まれた手前もあり、仁は渋々橋本屋に行った。

今度は目先を変えようと鬼ごっこを教えたところ、静は喜んで何度もやりたがった。挙句、夢中になりすぎて壺《つぼ》を蹴《け》って壊してしまい、「怪我《けが》をしたら困るので」と鬼ごっこはできなくなった。

いままで静の身体を思い、できるだけじっとして遊べるものを選んできた。だが、静本人は身体を動かしたいようだ。

仁はあれこれ考えた末、妙案を思いついた。

――お静ちゃんもあたしと一緒に踊りを習ったらどうかしら。うちのお師匠さんの弟子は大店の娘ばかりだから安心だって、前におとっつぁんが言っていたわ。

町人の子は六歳で手習いを始めることが多い。静も手習いはしていたが、手習い所に通うのではなく、わざわざ師匠を家に招いていた。橋本屋夫婦は身体の弱い娘がよくよく心配であるらしい。

しかし、叔父によれば、多少は動いたほうが身体も丈夫になるという。東流の家元、東花円の稽古は厳しいけれど、踊りは身体全体を使う。静は踊りを習うことでもっと丈夫になるだろう。

それに高砂町の稽古所に行けば、たくさんの弟子と顔を合わせるもの。お静ちゃんに新しい友達ができれば、あたしはお役御免だわ。

我ながらいい考えだと思ったのに、橋本屋の主人夫婦は渋い顔をした。だが、乗り気になった静が親を説き伏せ、東花円に弟子入りした。

仁の読み通り、静は踊りが性に合ったらしい。あっという間に上達したため、言い出しっぺの仁は気分がよかった。

ただし、静は稽古所でも仁以外の友達を作ろうとしなかった。大きくなって難しい踊りを習うまで、子供たちはまとめて稽古を受けるのに。

静は愛想こそないけれど、顔はとびきりきれいだし、着ているものも上等だ。興味を持って近寄ってくる子は何人もいたが、静は仁から離れない。

これではいけないと何度か注意したけれど、

——知らない人と口をきくなって、おとっつぁんに言われているから。

真面目《まじめ》な顔で言い返され、仁は二の句が継げなかった。そして翌年のおさらい会で、仁と静は一緒に花の精を踊ることになったのだが、

——出られないって、どういうこと。東流のおさらい会には、上手な子しか出られないのに。

静は弟子入りしてまだ一年。仁だって今年初めて選ばれたのに、橋本屋の主人が断ったという話を聞いて、仁はひとり憤《いきどお》った。

——うちのおとっつぁんとおっかさんは大喜びしているのに、橋本屋のおじさんはどうしてそんな意地悪をするのよ。お静ちゃんがかわいくないの？

——あたしは人前に出ちゃ駄目なんだって。

——つまりどれほど上達しても、お静ちゃんはおさらい会に出られないってこと？

それじゃ稽古を続ける甲斐がないじゃない。いくら何でもあんまりよ。あたしがおじさんに文句を言ってあげるっ。

仁は止める静と供の女中を振り切って、稽古所の外に飛び出した。

しかし、踊りを始めて足まで速くなった静に追いつかれそうになったところで、横から水をかけられて立ちすくんだ。

何があったと隣を見れば、静も頭からびしょ濡れになっている。女中が二人に追いついて騒いだとたん、手桶《ておけ》を持ったどこかの下働きが真っ青になって謝った。ほとんど人が通らないので、前を見ないで水を捨ててしまったとか。

まだ残暑の厳しい頃だったが、濡れ鼠《ねずみ》で往来は歩けない。静と仁は手ぬぐいをかぶって顔を隠し、行雲堂よりここから近い橋本屋に行くことにした。

静の家に着くと、仁はすぐに着替えを渡された。濡れた髪が気持ち悪くて手ぬぐいでごしごし拭けば、髷《まげ》が崩れてとんでもない頭になってしまった。これでは着物を着替えても、とても表を歩けない。

慌てて周囲を見たところ、静と女中の姿がない。奥の襖を開けてみれば――静の顔をした男の子が素っ裸で立っていた。

「いまにして思えば、あれが分かれ目だったわねぇ」

仁は遠い目をして八年前に思いを馳《は》せる。見てはいけないものを見てしまい、仁は混乱のあまり腰を抜かした。

八歳の子供でも男女の違いは承知している。静の股間《こかん》には自分にないものがついていた。

何が何だかわからないまま着替えを終えると、橋本屋の御新造が思い詰めた様子で仁の手を取った。

――これには深いわけがあるの。お仁ちゃん、後生一生のお願いよ。このことは誰にも言わないで。

――……わかりました。

何もわかっていなかったが、仁はひとまずそう言った。

静は傍から見る限り、かわいらしい美少女だ。自分が「男の子だ」と触れ回っても、信じる者はいないだろう。下手をすれば、こっちの頭がおかしいと思われる。

おとなしく家に帰った数日後、いつになく険しい表情の叔父がやってきて、仁は芝居茶屋に連れていかれた。

――おまえに教えるつもりはなかったのだが、かくなる上はやむを得ん。お静は身分の高い方の御落胤《ごらくいん》でな。男とわかれば、命が危うい。生まれたときから女の子と偽って育てられているのだ。

橋本屋の主人の妹がさる大名家に奉公した際、先代当主の手がついた。ほどなく身《み》籠《ご》っていることがわかり、御正室の悋気《りんき》を恐れて逃げるようにお屋敷を去った。

それから間もなく殿様が病の床に就き、妹は殿様の快復と女の子が生まれることを祈り続けたらしい。殿様にはまだひとりも子がなく、男の子が生まれれば跡取りの若様ということになる。

殿様が元気なら、母子ともども守ってくださるだろう。だが、病の身では御正室や家臣の不満を抑えることは難しい。屋敷に戻れば、命の危険にさらされるのは火を見るよりも明らかだ。

町人の腹から生まれた女の子なら、町人として捨て置いてもらえるはず——そんな切なる願いもむなしく、生まれてきたのは男の子だった。おまけに難産で、妹は我が子の身を案じながら亡くなった。

その後、事情を知る殿様の家臣が橋本屋にやってきたとき、主人は「妹は女の子を産み、亡くなった」と告げたそうだ。

——医者からは「生まれつき身体が弱く、大人になれないだろう」と言われております。このような赤ん坊をお屋敷に連れ帰られては、いたずらに揉《も》める元になるだけでしょう。この子は手前の子として育てたいと存じます。

家臣はその申し出を承知して去り、その翌年に殿様が亡くなると、実の弟が藩を継いだという。

――橋本屋の妹が奉公に上がるとき、口をきいたのが原田の父でな。私は医者として橋本屋の妹を看取《みと》っている。このことは兄さんにも告げたけれど、今後は一切誰にも言わぬ。おまえも死ぬまで黙っていてくれ。義姉《ねえ》さんにも言うんじゃないぞ。

わざわざ言われるまでもないと、仁は大きくうなずいた。

いくら口をつぐんでいても、今度のように何かのはずみで秘密がばれることがある。そうなったときのことまで考えて、叔父は姪を遊び相手に選んだのだ。

それ以来、仁は叔父としばしば芝居茶屋に行き、静の様子を知らせるようになった。勢い三座の芝居にも詳しくなり、とうとう隠れて狂言を書くようになったのである。

一方、静は秘密がばれて胸のつかえが下りたらしい。仁はますますなつかれて、互いに遠慮がなくなった。

そして時が過ぎ――一昨年《おととし》あたりから、静は物憂い表情で考え込むことが増えた。

――あたしはこの先どうなるんだろう。間違っても嫁になんていけないし、尼寺にでも行かされるのかな。

——尼寺こそ無理でしょう。身体が弱くて嫁にも行けないって口実で、田舎《いなか》にわび住まいってところじゃないの。

——……他人事だと思って、簡単に言ってくれるじゃないか。

——あら、好きでもない相手と無理やり一緒にさせられずにすむんだもの。あたしはお静ちゃんがうらやましいわよ。

ぽんぽんと言い合いながら、静の数奇な身の上を思いやる。

子供のときはわからなかったが、静は恐らく鍋島藩の先代当主の御落胤だ。先代の弟が藩主となったいま、先代の血を引く若君の存在はお家騒動の元となる。叔父がかつて幼い仁に告げたように、静は一生女として生きなければ命が危うい。

だが、見方を変えれば、独り身で遊んで暮らせるのだ。好きでもない相手と一緒になり、「早くお世継ぎを」とせっつかれることもない。男としては生きられなくとも、女としては誰よりも自由だろう。

仁もまた静の秘密を知ったことで、叔父と父の弱みを握った。おかげでずいぶん好き勝手をさせてもらっているが、さすがに嫁がないわけにはいかない。あっけらかんと言い返せば、仁は静に睨まれた。

――一生偽って生きなきゃいけないのに、どこがうらやましいのさ。

――己を偽るというなら、あたしだって偽っているわ。女のくせに狂言を書いているなんて、世間の人には言えないもの。

そんな話をしたときは、少女カゲキ団を名乗り、自分の狂言を演じる日が来るなんて夢にも思っていなかった。時として狂言よりもおかしなことが起こるから、この世というのは侮《あなど》れない。

お静ちゃんの身の上だって、そのまんま狂言になりそうよね。お多福半四郎《たふくはんしろう》がお静ちゃんの役をやったら、すごく似合うんじゃないかしら。

仁がそんなことを考えたとき、襖の向こうから声がした。

「お嬢さん、橋本屋のお静さんがお見えになりました」

五

あら、お才さんたちが十日前と同じ恰好で黙り込んでいる。やっぱり「仇討の場」はやりたくないのかな。

芹は家のことをすませないと、高砂町に来られない。四月十八日も稽古所に来てみれば、他の三人は不穏な空気を漂わせていた。

さてはまた言い争いかと思ったが、三人は睨み合ってなどいない。それぞれ険しい面持ちで——才はじっと宙を睨み、紅は恨めしげに口をへの字に曲げ、仁は目を固くつぶって考え込んでいるようだ。

師匠の東花円は三人の傍らで、我関せずと言わんばかりに愛用の煙管《キセル》をくわえている。芹は「今日もよろしくお願いします」と手をついてから、師匠に「三人はどうしたんですか」と小声で尋ねた。

「それがさ、少女カゲキ団の正体が知り合いにばれちまったみたいでね」

「だ、誰にです」

ごく普通に答えられたが、それは一大事である。芹が声をうわずらせると、師匠はこれまたあっさり答えた。

「あたしの弟子の静花《しずか》だよ。薬種問屋橋本屋の箱入り娘で、本当の名はお静ってのさ」

「何で、その人にばれたんですか」

「静花は花仁《はなさと》と仲がよくてね。芝居好きの幼馴染《おさななじ》みがこっそり狂言を書いていることも知っていたっていうんだよ」

「でも、それだけじゃ」

「瓦版に書いてあった芝居の筋から、登場する人物の名まで一緒だったことが証となったようでね。問い詰められた花仁と才花が白状しちまったんだって」

「……そうですか」

芹はなるほどと思いつつ、心の奥ではほっとしていた。

杉浦屋の隠居の善助に「遠野官兵衛だろう」と問い詰められたとき、自分は最後まで「知らぬ存ぜぬ」を貫いた。善助には睨まれてしまったけれど、やはりとことん突っぱねてよかったのだ。

お仁さんもお才さんも認めなければ……。話の筋や役の名が同じでも、相手は世間知らずのお嬢さんだ。ごまかしようはあっただろうに。

しかし、いまさら言っても始まらないと、芹は努めて明るく言った。

「お師匠さんのお弟子さんでお仁さんの仲良しなら、口止めだってできるでしょう。どうして三人は暗い顔をしているんですか」

「それがねぇ。黙っていて欲しければ、自分に少女カゲキ団の芝居を見せろと静花に脅されたんだって」

とんでもないことを告げているにもかかわらず、師匠の顔は楽しげである。芹は同じ座敷にいる弟子三人と師匠の顔を見比べた。

「し、し、芝居をしろって、一体どこで」

「静花は身体が弱いせいか、めったに外出を許されなくてね。飛鳥山には行けないから、踊りの稽古にかこつけて十日後にここでやることになったんだよ」

場所はともかく十日後にやると決めたのは、芹の都合を考えてくれたのだろう。師匠は吸い終わった煙草《タバコ》の灰を灰吹きに捨て、羅宇《ラウ》に息を吹き込んだ。

そこまで決まっているのなら新参の弟子に否やはないが、静はどういう了見でそんなことを言い出したのか。また、この狭い稽古場でちゃんと芝居ができるのか。

客はたったひとりでも、東流の名取《なとり》である。下手な芝居は見せられないと、芹は舞台となる稽古場のほうに目を向けた。

かつて生垣《いけがき》の裂け目から羨望《せんぼう》と共にのぞいた場所は板張りで、一面を壁、一面を障子、二面を襖に囲まれている。畳はもちろん、床の間も飾り棚もない殺風景な部屋である。

静花の前で演じる「再会の場」は、水上竜太郎と遠野官兵衛が花見の人混みで再会し、再び別れるだけの芝居だ。飛鳥山で演じる分には、大道具など必要ない。

だが、ここでやるとなれば、そういうわけにもいかなくなる。どうすれば殺風景な稽古場を大勢の花見客でにぎわう飛鳥山に変えられるのか。

また役者の出入りも頭の痛いところである。芹が気になることを口にすれば、師匠は座敷の奥にある背の高い衝立《ついたて》を指さした。

「稽古場の端にあの衝立を置いて、舞台袖の代わりにしよう。その衝立の陰から才花と花紅は飛び出してくればいいじゃないか」

「それじゃ、あたしは最初から舞台に立っているんですか」

「ああ、もっと役者がいれば、通りすがりの花見客をやらせられたんだがね」

「舞台を下がるときはどうしますか」

「あらかじめ襖を少し開けておいて、走って出ていっちまえばいいさ。舞台が空にならないと、花仁の口上《こうじょう》ができないだろう」

芹は師匠に言われたことを芝居の流れに当てはめていく。それなら何とかなりそうだと思ったとき、師匠がポンと手を打った。

「そういえば、前におさらい会で使った桜吹雪の垂れ幕がある。あれを背後にぶら下げれば、少しはそれらしく見えるだろう。ああ、表は誰が通るかわからないから、雨戸は閉めておかないとね」

生垣の向こうから誰に見られるかわからない。芹はかつての自分を思い出し、その通りだとうなずいた。

ここで少女カゲキ団が芝居をしている姿を見られたら、「世間知らずの弟子をそそのかした」と、師匠が非難の矢面に立たされる。東流は即座に立ち行かなくなるはずだ。

あたしがお才さんたちに変な条件を付けたから……お師匠さんが芝居を教えてくれるなら、娘一座に入ってもいいなんて言わなければ、こんな面倒に巻き込まれることもなかったのに……。

芹を少女カゲキ団に引っ張り込んだのが才たちなら、花円を引っ張り込んだのは自分である。これ以上迷惑をかけないためにも、少女カゲキ団の正体は隠し通さなければならない。芹は悲壮な覚悟を固めていたが、当の師匠はケロリとしていた。

「何だい、お芹まで辛気臭《しんきくさ》い顔をして。まあ、あたしも花仁から話を聞いたときは驚いたがね。あのおとなしい娘がそんなことを言うとは思わなかった」

「あたしだってびっくりしましたよ」

師匠がぽつりと漏らした言葉に、知らぬ間に目を開いていた仁が応《こた》える。続いて才もうなずいた。

「あたしはお仁ちゃんよりもっと驚いたわ。お静ちゃんがあんなにたくさん話すのを初めて見たもの」

静は芹たちよりひとつ年下ながら、踊りは才に次ぐ腕前だという。見た目もスラリとしていて、色香の漂う美しい顔をしているとか。

「お静ちゃんもちゃんと口がきけたんだと思っていたら、だしぬけに『水上竜太郎はお才ちゃんで、遠野官兵衛はお芹って新入りでしょう』って言うんだもの。驚きすぎて心の臓が止まるかと思ったわ」

苦笑した才の言葉に、芹もまたドキリとする。芹は去年の暮れ、東流の名取たちの前で「京鹿子娘道成寺」を踊っている。

だが、白拍子《しらびょうし》を踊る自分の姿を一度見ただけで、自分が遠野官兵衛だと気付くなんて……。背筋が寒くなった芹をよそに、紅は悩ましげに眉を寄せた。

「あのお静ちゃんがたくさんしゃべるところなんて、あたしは想像できないけれど……とにかく、こんなことになったのはお仁ちゃんのせいだからね。後先のことを考えず、狂言のあらすじや登場人物の名を他人にしゃべるからいけないんだわっ」

結果から言えばその通りだが、それを言ったら気の毒だ。

芹だって善助の前で「勘平切腹」を演じたときは、少女カゲキ団の一員として遠野官兵衛を演じるなんて夢にも思っていなかった。

言い返さない仁に代わって、芹は横から口を出す。

「でも、その人は飛鳥山に行くような人じゃないんでしょう？　瓦版が出なければ、気付かれなかったはずじゃないの」

そして芝居をする前は、そんなに評判になるなんて誰ひとり思っていなかった——もっともな芹の言葉に、紅は「そりゃ、そうだけど……」と口ごもる。

「あたしはお静さんの狙《ねら》いが何か、わからないのが気になるよ。親しいはずのお仁さんを脅して、あたしたちの芝居を見ようとするなんて」

育ちのいい娘とは思えない手口に芹の不安は募る。まるで人が変わったようによくしゃべったというのも嫌な感じだ。

だが、膨れっ面だった紅は不思議そうに首をかしげた。

「あら、どうして？　評判の芝居をやったのが相弟子だとわかったら、この目で見たいと思うでしょう。あたしがお静ちゃんの立場でも、同じことを言うと思うわ」

「…………」

人は恵まれすぎると、より強欲になるのだろうか。芹の目には、紅の白くて丸い無邪気な顔が不気味なものに見えてきた。非難がましい目を向ければ、紅は慌てたように才に言う。

「お才ちゃんだってそうするわよね。知り合いだからこそ気になるし、男姿がどんな感じか見てみたいもの」

「あたしは……気になるけど、脅してまで芝居をやらせようとは思わないわ」

至極真っ当な返事を聞いて、芹は胸を撫《な》で下ろす。一方、紅は納得いかないとばかりに「どうしてよ」と詰め寄った。

「親に隠れてやっているのに、暴きたてたら気の毒だもの。でも、お静ちゃんが少女カゲキ団の芝居を見たがった気持ちはわかるのよ」

東流には箱入り娘が大勢いるが、中でも静の過保護ぶりは際立っているという。習い事は師匠が橋本屋を訪ねる出稽古が中心で、静が自ら習いに出かけるのは踊りの稽古だけだとか。

「その踊りの稽古でさえ、どれだけ上達してもおさらい会には出られない。お静ちゃんだけどうして出られないのかって、いつも不思議に思っていたわ」

去年は「下手に見初められると困るから」という理由で断ったと聞き、才は呆れてしまったとか。

「とどのつまり、橋本屋さんは大事な娘を人前に出したくないのよ。うちの親とは正反対ね」

　才の親は出来のいい娘を見せびらかそうとする。だからこそ、「親に恥をかかせるな」「他人よりうまくやれ」と、さんざん言われてきたそうだ。

「いつも人一倍頑張らないといけなくて、親を恨めしく思ったけれど……頑張ってうまくいったときは、やっぱりうれしいし、誇らしいもの。あたしはこれだけできるんだって自信にもなるけど、お静ちゃんは人前で何もやらせてもらえないのよ。本人からすれば、たまったものじゃないと思うわ」

　静には兄がいるそうで、いずれは誰かの妻となり、舅《しゅうと》姑《しゅうとめ》に仕えるようになるだろう。このままでは後が大変だと、本人が一番思っているに違いないと才は言った。

「でも、娘が弱いと思い込んでいる橋本屋さんは、いくつになっても子供扱いをやめようとしない。あたしたちが少女カゲキ団をしていると知れば、一体どうやって親の目を逃れているのかと興味を持つに決まっているわ」

「さすが、お才ちゃん。きっとその通りね」

　いまさっき膨れたことなど忘れたように、紅が目を輝かして相槌《あいづち》を打つ。芹は一応納得してから、気になっていることを口にした。

「それなら、一度見れば気がすむわよね」

この先も調子に乗って、好き勝手を言われてはかなわない。芹の問いかけに才と紅が揃ってうなずき、仁はだんまりを続けている。

師匠だけが「さて、どうだろう」と呟いた。

「他人の弱みを握った者はそう簡単に満足しないさ。才花の説に従えば、静花はあんたたちをうらやんでいそうじゃないか。ここぞとばかり足を引っ張ろうとするんじゃないのかねぇ」

不吉な言葉を吹き込まれ、才と紅が青くなる。仁は一瞬ためらってから、「そんなことはありません」と言い返した。

「お才ちゃんの見立ては正しいと思います。お師匠さんのおっしゃるような人もいるでしょうが、お静ちゃんは違います」

「おや、花仁は静花に脅されたくせに、ずいぶん信じているんだね。他の三人はどう思う。静花を信じられるかい？」

にやりと笑って尋ねられ、芹たち三人は顔を見合わせた。

「あたしはお静さんを知りませんから……お才さんはどう思いますか」

「……一度芝居を見せたら黙っていてくれると思いたいけど……何だか自信がなくなってきたわ。お紅ちゃんはどう思う」

「そんなことを聞かれたって、わからないわよ。あたしはあの子と挨拶しかしたことがないんだから」

不安が高まりすぎたのか、紅が泣きそうな顔で食って掛かる。師匠はいつの間にか新たな煙草を詰め終えて、再び白い煙を吐き出した。

「花紅、ひとりでカッカしなさんな。静花の口止めをしたいなら、いい方法があるじゃないか」

「お師匠さん、それは何ですか」

「あたしたちに教えてください」

正体がばれることを人一倍恐れている才と紅の目の色が変わる。芹が横目で仁を見れば、ひどくこわばった顔をしていた。

「いいかい、あんたたちは弱みがあるから、静花に逆らえない。なら、静花にも同じ弱みを作ってしまえばいい。そうすれば、あんたたちを脅すことができなくなるじゃないか」

謎《なぞ》かけのような師匠の言葉に紅は思いきり顔をしかめる。才も眉をひそめたが、すぐに手を打った。

「ひょっとして、お静ちゃんも少女カゲキ団に入れてしまえとおっしゃるんですか」

察しのいい弟子をほめるように、師匠が目を細めてうなずいた。確かに、静も同じ穴の狢《むじな》なら、少女カゲキ団の正体をばらすことなどできなくなる。

そういえば十日前、師匠は東流の他の弟子を少女カゲキ団に入れたいようなことを言っていた。静は踊りもうまく、見た目も器量よしだという。少女カゲキ団の役者にはうってつけかもしれないが、その後ろには娘を閉じ込めようとする困った親がついている。

本人の気持ちはともかく、仲間に入れれば面倒なことになりそうだ。芹が不吉な予感を覚えたとき、仁が「そんなの無理です」と言い切った。

「お師匠さんもご存じの通り、あの子は根っからの箱入りです。親の目を盗んで芝居なんてできません。お才ちゃんとお紅ちゃんもそう思うでしょう」

「そうねぇ、お静ちゃんはいつもお供の奉公人が二人もついてくるし……あの子を仲間に入れて、橋本屋さんが気付かないわけないわよね」

「それに踊りはうまくても、芝居がうまいとは限らないもの。あのお静ちゃんが人前で大きな声を出せるとは思えないし……」

静と一番親しい仁が反対の声を上げ、その勢いに釣られるように才と紅もうなずき合う。静を知らない芹が黙って様子を見ていたら、師匠が片方の眉を上げげた。

「だが、あの子が入れば、高山役をやらせられるじゃないか。あの子はあんたたちより歳は下だが、その分胸が膨らんでなくて、手足は長い。武士の恰好が似合うんじゃないかねぇ」

江戸勤番の高山信介は遠野官兵衛の友人にして、唯一真実を知る人物だ。いままでは仁がやることになっていたが、垂れ目で胸の大きな仁に侍姿は似合わない——と芹はひそかに思っていた。

しかし、仁も言われっぱなしで引き下がらない。むきになって言い返した。

「駄目です。あの子にはできません」

「そう頭から決めつけなさんな。あの子だってたまには親に隠れて、羽目を外したいだろう」

「いいえ、お師匠さんが何とおっしゃろうと、高山はあたしが演じます。あの子に武士の役なんてやらせるわけにはいきません」

師匠を相手に仁は一歩も譲らない。あまりの頑《かたく》なさに師匠は目玉をぐるりと回した。

「やれやれ、頭が固いことだ。お芹、あんたはどう思う？　あたしはあの子を仲間にしたほうが枕《まくら》を高くして眠れるけどねぇ」

いきなり話を振られた芹は、どうしたものかと考える。師匠は静を少女カゲキ団にぜひとも加えたいらしい。

正体を隠していることを考えれば、めったな人物は入れられない。だが、役者が足りないのも事実である。すでに秘密を知られているなら、静を仲間にした上で口止めするのが一番確かではないか。静が高山を演じれば、仁は狂言作者に専念できる。

それに、芝居のときの裏方だって頼めるわ。いざとなれば、お才さんのお供のお兼さんに裏方を頼むつもりだったけど、お仁さんのほうが安心だもの。

お師匠さんをカゲキ団に引っ張り込んだ大元はあたしだし、枕を高くして眠れるようにするのが弟子の務めというものよ。

芹は迷いを振り切った。

「あたしはお師匠さんの考えに賛成です。あたしたちの芝居を見せたあと、お静さんを誘ってみましょう」

「お芹さん、何を言い出すの」

仁が垂れた目をつり上げたが、芹は怯《ひる》まなかった。

「少女カゲキ団に入るかどうか、決めるのはお静さん本人でしょう。お仁さんがここで決めることじゃないわ」

「お静ちゃんを仲間に入れたら、すぐ橋本屋さんに気付かれる。そうなれば少女カゲキ団は解散、『仇討の場』だって演じることができなくなるのよ」

訴える仁の声がだんだん悲鳴じみてくる。才が小さな声で「本当にそうかしら」と呟いた。

「お紅ちゃんの親だって、大事なひとり娘が少女カゲキ団の一員とはまだ気付いていないじゃないの。本人さえその気なら、お静ちゃんも親に内緒でできるはずだわ」

芝居の稽古は踊りの稽古のふりをすればいいし、飛鳥山に行くときはまた別の口実を考えればいいと才は言う。

「それにお師匠さんがおっしゃる通り、お静ちゃんは男の恰好が似合うと思うの。あたしはその姿をこの目で見たくなってきたわ」

「お才ちゃん、よくわかるわ。あたしだって見たいもの」

紅はそう言って才の手を取り、二人はうなずき合っている。

しかし、仁はひとりだけ「お静ちゃんに男の恰好はできない」と強い調子で繰り返す。芹はそれが不思議だった。

「お仁さんはどうしてそんなに嫌がるの。お静さんと仲がいいなら、一緒に芝居をしたいと思うでしょう」

仲が悪ければ、こっそり書いている狂言のあらすじを教えることもなかったはずだ。見ず知らずの自分を誰よりも熱心に誘っておいて、長い付き合いの静を誘わないのはどうしてか。

素朴な疑問を口にすると、仁に横目で睨まれる。それからも何だかんだと言い合った末、静を少女カゲキ団に誘うことが決定した。

四月二十八日は朝から舞台の支度で忙しかった。

稽古場の壁に桜吹雪の幕を下げ、静の目から役者を隠すための衝立を置く。そして、師匠は芹たち三人の立ち位置を確かめた。

「ああ、お芹はそんな端に立つんじゃないよ」

「ですが、お師匠さん。あたしが舞台の真ん中に立つと、お才さんたちと近すぎませんか」

「理屈はそうでも、仕方がないさ。ここは飛鳥山と違って狭いんだから。花紅、あんたは才花より半歩前に出てごらん。でないと、静花に顔が見えないよ」

「あたしはお才ちゃんの陰で見えないほうがいいです。頭巾《ずきん》に袖なし羽織を着た飴売《あめう》り姿を知り合いに見られたくないわ」

紅はいまにも泣きそうな顔でぼそりと答える。師匠は「やれやれ」と呟いた。

「なに馬鹿なことを言ってんだい。花仁、何とか言っておやり」

「えっ、あの、何でしょう」

いまのやり取りが耳に入らなかったようで、仁がめずらしく聞き返す。自分を脅した幼馴染みを少女カゲキ団に誘うことになったせいか、十日前からすっかり落ち着きをなくしていた。

「まったく、花紅も花仁もしっかりしとくれ。相弟子に見下されるような芝居をするんじゃないよ」

「は、はい」

師匠からの念押しに弟子は揃って返事をするが、その声はどこか頼りない。顔をしかめた師匠はさらに注意を口にした。

「才花、あんまり勢いよく飛び出しなさんな。仇に顔から突っ込んだら、みっともないだろう」

「はい、気を付けます」

「花紅はもっとしっかり声をお出し。声が漏れるのが心配なのかもしれないけれど、いまの調子じゃ聞こえやしない」

「はあい」

「お芹は逆に声をもっと抑えておくれ。うちは女所帯だからね」

才や紅の声と違い、芹の声は本当の男のようだ。官兵衛の台詞を漏れ聞いたどこかの誰かに勘違いされたくないのだろう。芹は「はい」と返事をした。

その後、瓦版売りに扮した仁が〆の口上を何度も言い間違えて、さらなる師匠の怒りを買った。

「花仁、そんなんじゃ静花に笑われるよ」

「はい、すみません」

仁は頭を下げてやり直すが、気持ちが入っていないのは明らかだ。芹はにわかに不安になった。

知り合ってまだ半年にもならないが、仁は世間知らずのお嬢さんにしてはしっかりしていると思っていた。ここまで心を乱すなんて、静は「身体が弱い」とか「親がうるさい」という他に、何か曰《いわ》くがありそうだ。

お静さんを少女カゲキ団に誘って本当に大丈夫なんだろうか。

正直不安が尽きないものの、師匠は静を役者としてカゲキ団に加えたがっている。いまさら反対もできないと、成り行きに任せることにした。

一通り芝居の流れを確かめると、ちょうど九ツになった。男姿の芹たちは昼飯を買いに出られない。そこで、才のお供の兼が団子を買ってきてくれた。

「やっぱり、少女カゲキ団の全員が役者というのはまずいわ。いざというときに動ける裏方が必要よ」

前から考えていたことを口にすれば、才も湯呑《ゆのみ》を置いてうなずいた。

「裏方なら、うちのお兼に手伝わせるわ。奉公人は芝居の稽古ができないから、役者はさすがに無理だけど」

「お兼は男の恰好が似合いそうなのにねぇ。いざとなったら、お静ちゃんにも裏方として手伝ってもらえばいいんじゃないの」

芹と才と紅があれこれ言い合う脇で、仁は無言で団子を食べている。静は八ツ（午後二時）少し前にやってきた。

出迎えるのは家主の花円ひとりだけ。他の者はすぐさま芝居に入れるように、稽古場で待つ。

「お師匠さん、ご面倒をおかけします」

「まったくだよ。ところで静花、いつもおまえにくっついているお供の二人はどうしたんだい」

笠をかぶって立つ芹の耳に、廊下を歩く静と師匠の声が近づいてくる。供はいないとわかってほっとしたとき、楽しげな静の声がした。

「半刻《はんとき》（約一時間）経《た》ったら、迎えに来るように言ってあります。お仁ちゃんたちが男の恰好をしている姿なんて、女中と手代には見せられません」

それから間もなく襖が開き、師匠の後ろに振袖《ふりそで》姿の娘が見えた。芹は相手に気付かれないよう大きく息を吸う。

なるほど、この人がお静さんか。

確かに二重の目元が切れ上がっていて、言っては悪いがお才さんより色気がある。十五にしては背も高く、お師匠さんが少女カゲキ団に加えたくなる気持ちもよくわかった。

芹は笠の下から噂《うわさ》の人物をすばやく値踏みする。一方、静も負けないくらい無遠慮に芹を見つめていた。

「お師匠さん、どうして遠野官兵衛だけ立っているんですか」

「そりゃ、幕のない稽古場で芝居をするんだもの。役者が花道から出てくるってわけにはいかないさ。ほら、静花はここにお座り。さっそく始めるよ」

たったひとりの客が正座したのを見届けてから、芹は衝立の陰に隠れている三人に合図を送る。それにうなずき、水上竜太郎を演じる才と中間《ちゅうげん》為八を演じる紅が飛び出してきた。

「ややっ、ついに見つけたぞ。おぬしは遠野官兵衛だな」

「……いきなり何だ」

「我は汝《なんじ》に命を奪われし水上竜之進が一子、竜太郎。ここで会ったは、亡き父の導きに相違ない。いざ尋常に勝負せよ」

才はそう言って客に近いほうに回り込み、刀の柄《つか》に手をかける。紅はずれて立ったので、静からちゃんと顔が見えるだろう。

「人違いで仇呼ばわりとは迷惑至極。とはいえ、小童《こわっぱ》の申す事ゆえ、すぐにここから立ち去れば見逃してやろう」

続いて芹が発した声は、努めて抑えるようにした。だが、その分迫力に欠けるのは自分でもわかった。

「やっと見つけた仇の前から逃げ出す馬鹿がどこにいる」

「若様のおっしゃる通りだ。遠野官兵衛、覚悟しろ」

才と紅は舞台に出た瞬間、食い入るように見つめている静に気を取られたのだろう。何とか台詞を言えたものの、特に紅の声には力がなかった。

「お、俺《おれ》は水上家の中間、為八だ。い、いまこそ主人の無念を晴らしてくれる」

飴売りに扮した中間の唯一の見せ場にもかかわらず、紅はみっともなくどもってしまう。芹は笠で顔が見えないのをいいことに顔をしかめた。

「重ねて言うが、拙者は遠野ではない。人違いもたいがいにしろ」

「人違いなどであるものか。その腰の印籠《いんろう》が何よりの証。どうでも人違いだと言い張るなら、笠を外して顔を見せよ」

才は才で焦っているのか、早口になってしまっている。二人ともしっかりしなさいよと腹立たしく思ったはずみに、自分の次の台詞が抜けた。

「……では、笠を外して人違いとわかったときは、何とする」

一瞬間が空いたけれど、続く台詞を絞り出す。その後も三人とも調子が上がらず、最後の台詞を言って駆けだしたときは肩の荷が下りた気分だった。

稽古場でやるのがまずいのかしら。それとも、正体を知っている人の前でやるのが初めてだから？　これは間違いなくお師匠さんにお小言を食らうわね。

廊下に出た芹は今日の芝居の出来が情けなくて歯ぎしりする。才や紅もさえない表情でうなだれて、稽古場では仁が〆の口上を述べていた。

「さあ、やっと仇に巡り合えた水上竜太郎。忠義の中間為八と見事本懐を遂げられるか。仇の遠野官兵衛は何ゆえいまはまだ討たれてやれぬと言ったのか。この続きはいずれまた。今日はこれぎりでございます」

仁は瓦版売りに扮しているので、いつもはここで目くらましのための紙を撒《ま》く。だが、今日は紙を撒かずに終わった。

「さて、三人とも中に入っといで。静花に少女カゲキ団の芝居を見た感想を聞こうじゃないか」

師匠の声に促され、芹たちはおずおずと稽古場に戻る。所在なげに立っている仁の隣に行き、芹はその場に正座する。他の三人もそれに倣《なら》った。

「……お静さん、いかがでしたか」

誰も口を開かないので、芹が静に向かって尋ねる。芝居をしている間、食い入るように見ていた相手は目を眇《すが》めて芹を見た。

「これで終わりなの？　瓦版になるほどだから、どれほどすごい芝居なのかと思えば、ただの茶番芝居じゃない。少女カゲキ団だなんて、恥ずかしげもなくよく名乗れるもんだわね」

手厳しい言葉に芹は静を見つめ返す。これで「お静さんは無口でおとなしい」と言われても、信じることは難しかった。

「きょ、今日はいつもと勝手が違って調子が出なかったのよ。飛鳥山でやったときは、はるかにうまくできたんだから」

自分でもしくじった覚えはあるのだろう。台詞を何度もどもった紅が悔しそうに言い返す。静は嘲《あざけ》るように口を歪めた。

「口では何とでも言えるわよ」

「何ですって」

「今日の出来を見る限り、うまくいってもたかが知れているわ。少女カゲキ団に会いたくて、毎日飛鳥山に通う娘たちさえいるって噂だから、さぞやすごい芝居だろうと思いきや……飛鳥山で見た人たちは周りの景色に気を取られ、お粗末な芝居の粗《あら》なんて目に入らなかったのね」

病弱な箱入り娘はどこまでも辛らつだった。呆気に取られる芹の横で、才も眉をつり上げる。

「そっちが見たいと言ったから、わざわざ演じてあげたんじゃないの。そういう言い草はないでしょう」

「そうよ、いくら相弟子でも言っていいことと悪いことがあるわ」

初めて耳にする酷評に才と紅は顔を真っ赤にしている。芹だって面白くはないけれど、言われても仕方がないとも思っていた。

満開の桜があたしたちの芝居の粗を隠してくれたのは間違いないし、今日の芝居の出来がひどかったのも確かだもの。

見ず知らずの人の前で演じるほうが、はるかに役になり切れる。とはいえ、言い訳はできないと目を伏せれば、静が不満げに鼻を鳴らした。

「文句を言われたくなかったら、もっといい芝居を見せてちょうだい。同じ東流の名取として恥ずかしいわ」

あまりにも容赦のない言葉に才と紅は言葉が出ないらしい。口をパクパクさせながら、小刻みに身体を震わせている。芹がどうしたものかと顔を上げると、いきなり静と目が合った。

「瓦版に『遠野官兵衛を演じた娘が一番達者な芝居をする』と書いてあったけど、お芹さんは素人じゃないんでしょう。どこで芝居の稽古をしたの？」

「……ええと、どこだったか」

ほぼ初対面の相手に教える義理はない。遠野官兵衛のつもりでとぼければ、相手はあからさまにムッとしたような顔をした。

「でも、正直がっかりしたわ。花見の酔っ払いを睨みつけ、一歩も動けなくさせたっていうから期待していたのに」

何がそんなに気に入らないのか、静がしきりと突っかかってくる。

芝居がまずかったのは認めるが、絡まれるのは迷惑だ。芹は強気な娘を演じてみせることにした。

「客がひとりじゃ気が乗らなくてね」

あえてえらそうにうそぶけば、静が「何ですって」と細い眉を上げる。思った通りの反応に、芹は胸の前で腕を組んだ。

「芝居ってのは、役者だけでやるもんじゃない。客も一緒に芝居を作るんだ。意地の悪い目で粗探しばかりされたんじゃ、こっちだっていい芝居なんてできやしないよ」

「そうよ、これ以上の難癖は飛鳥山での芝居を見てからにして」

「そうよ、そうよ」

ずっと言い返せなかった才と紅が調子づいて声を上げる。静の勝ち気そうな白い顔に朱が広がった。

「うまくもないのにちやほやされて、勘違いしているのはそっちでしょ」

「お静ちゃん、もうやめて」

黙って様子を見ていた仁がたまりかねたように静を止める。それでも静は聞く耳を

持たず、芹を睨みつけていたのだが、

「そこまで言うなら、静花はお芹よりうまい芝居ができるんだろう。ここはぜひとも、手本を見せて欲しいところだねぇ」

口元に笑みを浮かべ、花円が険悪な弟子の間に割って入る。静がとまどったような目を師匠に向けた。

「お師匠さん、手本って何の」

「芝居に決まっているじゃないか。お芹たちの芝居を見下すなら、あんたが少女カゲキ団に入って手本を示してやればいい」

にっこり笑って告げられて、静がぽかんと口を開く。花円はすかさず畳みかけた。

「何だい、自分はできないくせに文句だけは一人前かい」

「………」

「普段の稽古はここでやるから、あんただって踊りの稽古にかこつけて通うことができるだろう。それができないと言うのなら、才花たちに『言い過ぎました。すみません』といますぐ頭を下げるんだね」

おとなしいというのは長年の見せかけで、根は負けず嫌いに違いない。静は口を一文字に結び、じっと考え込んでいる。仁が慌てて待ったをかけた。

「お静ちゃん、お師匠さんの口車に乗っちゃ駄目よ。あんたは人前で男の姿なんてしちゃいけないんだから」

その表情と口ぶりは見ているこっちが驚くほど必死だった。

ほぼ初対面の芹を拝み倒す勢いで仲間に加えておきながら、もともと親しい相手をどうして入れようとしないのか。静も芹と同じことを思ったらしく、睨むように仁を見た。

「どうして？　お仁ちゃんも男の恰好をして人前で芝居をしたのに、なぜあたしはしちゃいけないの」

「だ、だって……」

絞り出した静の声は思いのほか低く、切れ長の目で見据えられた仁は二の句が継げなくなってしまう。芹は二人のやり取りに、互いにしかわからない含みがあるように感じられた。

ただひとつはっきりしたのは、静はこの場の誰よりも男の恰好がしたいらしい。その考えを裏付けるように、静が思い詰めた声を出す。

「あたしだって男の恰好をしてみたい。そう思っちゃいけないの？」

言われた仁はにわかに怯み、二人のやり取りを見ていた才と紅が声を上げた。

「いけなくないわ。お静ちゃんも一緒にやりましょう」

「そうよ。きっと男の姿も似合うはずだわ。お仁ちゃん、本人が望んでいるんだもの。お静ちゃんだってできるわよ」

いまさっき静に腹を立てていたことを忘れたように、二人は口々に静を誘う。仁はそれでも反対したが、静の決意は固かった。

「これで『仇討の場』が面白くなりそうだ。静花、くれぐれも親にばれないようにするんだよ」

「はい、お師匠さん。どうぞよろしくお願いします」

橋本屋夫婦に聞かせられない台詞を花円と静は堂々と言い放つ。

こうして少女カゲキ団に新たな役者が加わった。

六

ひとつの嘘を守るには、さらなる嘘が必要になる。

五月四日の九ツ過ぎ、才は足を引きずるようにして青物町《あおものちょう》を歩いていた。

「お嬢さん、やけに疲れていますけれど、大丈夫ですか」

さっきまで八丁堀で小田島淑にお茶とお花を習っていた。心配そうな供の兼に才は無言で顎を引く。

気疲れは山ほどしているものの、下手に「疲れた」と口走れない。何かと才に甘い兼が「だったら、あたしが背負います」と言い出しかねないからである。

それにしても、八丁堀のお師匠さんがあんなふうに変わるなんて。前は武家の御新造の鑑《かがみ》らしく、下世話なことなんて一切口にしなかったのに。

年下の夫を持って人が変わってしまったのか、もしくは隠していた本性が現れたのか。才はしみじみ訝《いぶか》しみ、我が身を顧《かえり》みて気が付いた。変わったのは淑ではなく、淑が才を見る目だろう。

いままでずっと「大野屋の名に恥じないよくできた娘」だと思っていたのに、それが違うとわかったとたん、いろいろあけすけになったのだ。すべて身から出た錆《さび》だと情けない気分になった。

才が親の目を盗み、思う男と逢引きしている――淑にそう勘違いされたのをいいことに、嘘の片棒を担がせておよそひと月が経っている。

今日は居もしない男のことをあれこれ聞かれると覚悟していたけれど、淑はこちらが思った以上に遠慮がなかった。

──お才さん、立ち入ったことを尋ねるようだけど、相手とは深い仲なのかしら。もしそうなら、月のものはきちんとあるの？　少しでも遅れているなら、いますぐおっしゃい。

活け花の稽古のあと、淑からまるで世間話のように告げられた。才は一瞬何のことだかわからなくて、何度も目をしばたたく。ややあって自分がどう思われているかを悟り、恥ずかしさで気が遠くなりかけた。

あたしはそういうふしだらなことはしていません──言い返したくなったけれど、いまここで相手の勘違いを正せない。消え入りそうな声で「大丈夫です」と返事をしたら、淑にしつこく食い下がられた。

──恥ずかしがる気持ちもわかるけれど、前に月のものが来たのはいつだったの。そのあと、相手と会ったのでしょう？　身籠っていたら、大変なことになるのですよ。若い二人が人目を忍んで会っていれば、辛抱できないこともあるでしょう。けれど、無理に腹の子を流そうものなら、お才さんの身体に障《さわ》ります。望んだときには恵まれず、望まないときに授かってしまうのが子というもの。くれぐれも気を付けなさい。

若かりし頃、自身もそういう思いをしたことがあるのだろうか。淑は稽古などそっちのけで、道ならぬ男女のあれこれについて赤裸々に語り続けた。

戯作《げさく》を読みふけっている仁や、意外と耳年増の紅ならば、この際とばかりこの話題を楽しむこともできただろう。だが、才は男女のことにとことん疎《うと》い。師匠の口から次々漏れるきわどい言葉の数々に生きた心地がしなかった。

これでは何を習いに来たのかわからないが、「ちゃんと稽古をしてください」と偉そうに言える立場でもない。才は頭の中で百人一首をそらんじながら、淑の前で茶を点《た》てた。下手に話を聞いてしまうと、かえって手元が狂ってしまう。

とはいえ、さすがに父が認めたお茶とお花の師匠である。才が点てた茶を飲んだあと、淑は不思議そうに首をかしげた。

――お才さんはひょっとして、思い人と別れる決心がついたのかしら。

話の流れがいきなり変わり、才は目を丸くする。

九月に行う少女カゲキ団の芝居が終わるまで、嘘の逢引きはやめられない。「そんなことはありません」――と返事をして、そう思ったわけを尋ねれば、

――お才さんの点前《てまえ》の手つきがやけにきりりとしていたから……まるで男の点前のようでした。

とまどいがちに告げてから、淑が口元を懐紙《かいし》で押さえる。いろいろ覚えのある才は

心ひそかに震えあがった。

　歌舞伎の女形は普段から女の着物を身にまとって、女のように話すという。水上竜太郎を演じるようになってから、才も普段の所作をきびきび行うように心掛けていた。母から「女らしくない」と叱られたことはなかったが、淑はわずかな間に違いを感じとったようである。

「ああ、面倒くさい。八丁堀にいるときは、身分違いの恋に苦しむ娘を演じなくちゃいけないなんて。お稽古が月に一度ですむのは助かるけど、来月もまたあんなことばかり言われたんじゃたまらないわ」

　今日の稽古を振り返り、才の口から愚痴が漏れる。そして、誰も見ていないのをいいことに、足元の小石を草履で蹴った。母や淑に見られたら「行儀が悪い」と叱られそうだが、知ったことか。

　まだ「仇討の場」の稽古は始まっておらず、静もその後は音沙汰がない。ひょっとしたら、いまになって怖気《おじけ》づいたのか。それならそれで構わないが、秘密は守って欲しいものだ。

　そして、もうじき江戸橋《えどばし》というところで、見覚えのある魚正の女中が手を振りながら走ってきた。

「お、大野屋のお嬢さん、よかった、い、行き違いに、ならなくて」

どうやら、才を呼びに八丁堀まで行こうとしていたらしい。紅に何かあったのかと身構えれば、女中は息を整えて用向きを告げた。

「うちのお嬢さんが急ぎの相談があるとかで、富沢町《とみざわちょう》の初音でお待ちです。早く行ってあげてくださいまし」

詳しく聞けば、昼前に仁と芹らしき人物が魚正にやってきたという。紅はすぐ「二人と出かける」と言い、この女中に伝言を頼んだようだ。

「急いで大野屋さんにうかがったら、あいにく八丁堀まで習い事に行かれていると言われまして」

「そのまま店で待っているか、言づけて魚正に戻ってもよかったのに。あたしと行き違いになったら、骨折り損のくたびれ儲けでしょう」

女中の額に流れる汗を見て、才は気の毒になった。

五月に入っていくらか蒸し暑くなったとはいえ、まだ汗をかくほどではない。きっと、蔵前から脇目も振らずに走ってきたのだろう。

「うちのお嬢さんはせっかちですから。待っていなさると思ったら、あたしも落ち着かなくて。大野屋のお嬢さんが戻ってこられるのを江戸橋のたもとでお待ちしようと思ったんです」

八丁堀からまっすぐ蔵前に戻る場合、江戸橋を渡ることが多い。そこから富沢町までは五丁もないが、才が蔵前まで戻ってしまえば初音に着くのは遅くなる。女中はそれを案じたようだ。

「お願いします。どうか急いで行ってあげてくださいまし」

その必死な表情に紅の日頃のわがまま具合がしのばれる。才は遣いの女中とその場で別れ、兼と共に富沢町へ急いだ。

初音につくと、顔見知りの女中が「お待ちかねです」と耳打ちして、二階に案内してくれた。声をかけて襖を開ければ、三人とも見るからに顔色が悪い。才は嫌な予感に震えつつ、後ろ手でしっかり襖を閉めた。

「ねえ、三人揃って何があったの」

「お才ちゃん、まずいことになったわ。お芹さんが少女カゲキ団の遠野官兵衛だって噂が広まってしまったの。広小路の茶店には、お芹さん目当ての娘客が大勢押しかけているんですって」

才が座るのも待たず、紅が前のめりになって言う。

とっさに芹のほうを見れば、いつもは伸びている背筋が力なく丸まっている。才は突然の話にうろたえながらも考えた。

芹は人の多い広小路の茶店で手伝いをしている。大女だから嫌でも目立つし、芹の名は知らなくとも、顔を見知っている人は多いだろう。

だが、飛鳥山で芝居をしていたとき、芹が顔をさらしたのは一瞬だ。

二月近く経ってからなぜそんな噂が立ったのか。それにそうなっても、「噂は間違いだ」と本人が言えば、片付く話ではないか。気を取り直してそう言うと、芹は力なくかぶりを振った。

「お才さんに言われるまでもなく、あたしは遠野官兵衛じゃないってさんざん言っています。でも、あたしほど背の高い女はあまりいません。あたしが違うと言い張るのは、少女カゲキ団が正体を隠しているからだと思われて……」

眉間《みけん》にしわを寄せた芹が苦しそうに訴える。

着物や髪型と違い、背の高さは変えられない。この背の高さがあればこそ、芹は男らしい男を演じられる。けれど、それが目印になるとは思わなかった。

「でも、本人が違うと言っているのに、背恰好だけで決めつけるかしら。他にも何か理由があるんじゃないの」

背丈だけで疑われるなら、もっと早くまめやに押しかけてきそうなものだ。才がさらに問い詰めると、芹はすまなそうに目を伏せた。

「ごめんなさい。あたしが杉浦屋のご隠居さんを怒らせたせいです」

杉浦屋は高砂町にある薪炭問屋で、芹は隠居の善助に頼まれて、ガマの油売りの物まねや忠臣蔵の「勘平切腹」を演じたことがあるという。そのとき、善助は芹の芝居をたいそうほめてくれたとか。

その後、善助はまめやの女主人と揉めて足が遠のいたが、今年の四月にまた杉浦屋に呼び出され、「遠野官兵衛はお芹ちゃんだろう」と言われたという。

「善助さんはあたしの『勘平切腹』をすごくほめてくれて、『男になりきって芝居ができる娘が江戸に何人もいるものか』って……でも、あたしは認めちゃいけない、ここはとことんしらを切ったほうがいいと思って……まさか本人が違うと言っているのに、勝手に触れ回るなんて思わなくて……」

芹の声は震えていて、頻繁に言葉を詰まらせる。

だが、才は杉浦屋の隠居の気持ちがよくわかった。

芹のことだ。きっと見る者が息を呑むような勘平の死にざまを演じたのだろう。隠居は役者としての芹に魅せられたに違いない。「お芹ちゃんが遠野官兵衛だろう」と声をかけたのも、自分はちゃんと気付いたと芹に伝えたかったのだ。

それなのに、お芹さんが「官兵衛じゃない」と言い張ったから……かわいさ余って憎さ百倍というところかしら。

これは厄介なことになったと、才は顔をしかめて額を押さえた。

「お芹さんの芝居を見ている人にしらを切っても意味がないわ。どうして官兵衛だと認めた上で、うまいこと丸め込まなかったの」

どうやら紅も才と同じ意見らしい。声高に責められた芹は納得いかないとばかりに顔を上げた。

「でも、認めれば、弱みを握られることになるでしょう。もし少女カゲキ団の他の役者に会わせろと言われたら？　善助さんは大店の主人だった人です。お才さんたちの顔だって見知っているかもしれないのよ」

では、こちらのことを考えて、しらを切ってくれたのか。才は自分の短慮を申し訳なく思ったが、紅は苛立って畳を叩《たた》いた。

「そもそも、どうして『勘平切腹』なんてやったのよ！　そんなことをするから、官兵衛だってばれるんじゃないっ」

「だ、だって、去年の暮れはこんなことになるなんて夢にも思っていなかったから……」

「言い訳しないで。このままじゃ、あたしたちの素性もばれてしまうかもしれないのよ」

正体を知られたくない紅は、もはやなりふり構っていない。仁は静のことがあるせいか、じっと口をつぐんでいる。

このままではいい思案が浮かぶどころか、仲間割れになってしまう。才は幼馴染みを抑えるために口を開いた。

「お紅ちゃん、ちょっと落ち着いて」

「正体がばれかかっているのに、落ち着けるはずがないでしょう」

取り乱すその気持ちはよくわかる。才自身、紅と同じかそれ以上に、世間に正体がばれることを恐れているのだから。

「もう九月の芝居どころじゃないわ。このまま解散してしまいましょう」

怒りと恐れに背中を押され、紅が早口に吐き捨てる。すかさず、仁が顔色を変え、「ちょっと待って」と声を上げた。

「それは先走りすぎだって、さっきも言ったじゃない」

「だったら、お仁ちゃんは続けなさいよ。あたしとお才ちゃんは少女カゲキ団から抜けさせてもらうから」

「二人が抜けたら続けられないって、お紅ちゃんも知っているでしょう」

「文句だったら、お芹さんに言ってちょうだい」

紅と仁が互いに言い返し合い、芹の顔色はますます青くなる。どうやら才が来る前からこの調子だったようだ。

「まめやには、日に日に遠野官兵衛目当ての娘客が増えているの。それがうるさい、目障りだって、まともな客が離れていって……今日なんて娘客ばかりだったから、おかみさんからしばらく休めと言われてしまって……」

芹がいなければ、傍迷惑《はためいわく》な娘客は寄り付かない――店の主人にそう言われて、困り果てた芹は仁を訪ね、仁は紅を、紅は才を呼び出したらしい。

「そういうことなら、奉公先を変えればいいわ。それが店のためにも、お芹さんのためにも一番よ。お芹さんがまめやをやめたと知れば、娘たちも諦《あきら》めるでしょう」

まめやは吹けば飛ぶような掛け茶屋だ。長年奉公を続ければ、年老いてからも面倒を見てもらえるような大店ではない。給金だって安いだろうし、芹も執着はないだろう。才が深く考えずに口にすると、芹の顔がこわばった。

「馬鹿なことを言わないで。そんなことできないわ」

「あら、どうして」

出替わりの時期でなくたって、奉公先を変える娘はいる。口入屋《くちいれや》に頼めば、すぐに新しい仕事は見つかるはずだ。

そうよ、次の仕事は休みの多いところがいいわ。そうすれば、お芹さんももっと芝居の稽古ができるもの。

才が都合よく考えていたら、芹に鼻で笑われた。

「あたしのように片親で貧しい娘がまともな奉公先を探すのは、並大抵の苦労じゃない。それとも、あたしに色を売れって言うのかい」

「あたしはそんなつもりじゃ……」

「そんなつもりじゃなくたって、そういうことになるんだよ。じっとしていてもおまんまの食べられるお嬢さんとは違うんだ」

知らなかったとはいえ、軽はずみなことを言ったらしい。才は慌てて謝ったが、芹の機嫌は直らない。

「あたしのような貧乏人は雇い主がどんな人かで幸不幸が決まる。まめやのおかみさんに暇を出されたら、あたしは芝居どころじゃない。それとも、三人のお嬢さんの誰かがあたしを雇ってくれるのかい」

目をつり上げて啖呵《たんか》を切られ、三人は顔を見合わせた。

「ごめんなさい、うちは札差だから男の奉公人じゃないと……」

母屋には女中もいるとはいえ、すべて身元が確かな者ばかりだ。たとえ娘の知り合いでも、父が貧乏長屋の娘を雇うことはないだろう。

大野屋の蔵にはたくさんの千両箱が眠っている。同業の札差の中には、奉公人が盗賊の手引きをしたせいで身代そっくり奪われた者もいると聞いた。

お芹さんを信用しないわけじゃないけど、おとっつぁんに雇ってくれとお願いすることはできないわ。

才が気まずく目をそらすと、残る二人も申し訳なさそうな声を出す。

「うちも紹介状のない人は無理だわ」

「うちだって魚屋だから……女中の手は足りているもの」

芹はそれ見たことかと言わんばかりに眉を寄せた。

「だったら、奉公先を変えればいいなんて言わないで」

「でも、このまま手をこまねいていれば暇を出されてしまうんでしょう。大川の川開きは今月二十八日だもの」

それまでに娘客が消えなければ、まめやで働けなくなる——仁の指摘に芹はうなだれ、才はため息混じりに言った。

「ここはやっぱりお師匠さんに相談するしかなさそうね」

「踊りの稽古が終わっていればいいけれど」

四人は顔を見合わせて初音を後にした。


高砂町の稽古所に行くと、七つ八つの子供たちが固まって出てくるところだった。うまい具合に稽古が終わった直後のようで、それぞれ女中に手を引かれて帰っていく。

「おとく、今日はお師匠さんによくできたってほめられたわ」

「まあ、しっかりさらってきた甲斐がありましたね」

「うん、帰ったら、おっかさんにもおとくから言ってちょうだいね」

「あら、お嬢さんの口からおっしゃいましな」

「それじゃダメよ。おっかさんはあたしの言うことだと信じてくれないから」

「そんなことはございませんけど、心配でしたら、おとくと一緒に申しましょう。お嬢さんもそれなら安心でございましょう」

笑顔で言葉を交わしながら歩いていく者もいれば、供の女中が話しかけても膨れっ面で返事をしない子供もいる。

今日の稽古で叱られたのか、そもそもへそ曲がりなのか。昔の自分を見るような妹弟子たちを見送って、才たち四人は稽古所に足を踏み入れた。

花円は急な訪れに目を瞠《みは》ったが、すぐに話を聞いてくれた。

「……なるほど、それで元気がないのかい。あんたたちの顔色が悪いから、揃って不治の病にでもかかったのかと思ったよ」

こっちの焦りと裏腹に、師匠はどこか面白がっているようだ。芹は途方に暮れた様子で、師匠の前に手をついた。

「お師匠さん、あたしはどうしたらいいんでしょう。まめやで働けなくなったら、芝居どころじゃありません」

「まあ、お待ちよ。急にそんなことを言われたって、いい知恵なんてすぐに出やしないさ。まずは一服させとくれ」

師匠は芹をなだめると、煙草盆に手を伸ばす。才は手持無沙汰になり、縁側の向こうに目をやった。

芝居の稽古のときは障子を閉めているけれど、今日は開け放たれている。猫の額ほどの狭い庭はあちこちに雑草が生えていた。花円は「わざと抜かない」と言っているが、梅雨《つゆ》入り前に抜いてしまわないと後が大変だろう。

女が三人寄れば姦しいと言うけれど、いま口から出るのは白い煙か、ため息だけだ。

芹は眉間に深いしわを寄せて唇を嚙んでいる。

「お芹、そんな顔をしていると、眉間のしわが消えなくなるよ」

師匠も気付いて注意をしたが、芹は「すみません」と言っただけで、眉間のしわは消えなかった。

――あたしのように片親で貧しい娘がまともな奉公先を探すのは、並大抵の苦労じゃない。それとも、あたしに色を売れって言うのかい。

――じっとしていてもおまんまの食べられるお嬢さんとは違うんだ。

あたしたちがお芹さんを少女カゲキ団に誘わなければ、お芹さんはこんな顔をして悩まなくてもよかったはずだわ。お師匠さんだって、弟子の親に秘密を持たなくてもすんだのに……。

乗り気でなかった芹を仲間にするため、尊敬する師匠も巻き込んだ。そのくせ芹が困っているとき、何の力にもなってやれない。

やっぱり、あたしは「大野屋の娘」という看板を外したら、何もできないんだ。男の姿をしていれば、正体はばれないと思っていたのに。

才は自分の考えが甘かったと後悔し、ふと恐ろしいことに気が付いた。

ずっと笠をかぶっていた遠野官兵衛の正体がばれたくらいだ。ならば、初めから終わりまで素顔をさらしていた自分はどうなるのか。すでに「水上竜太郎は大野屋の娘だ」という噂がどこかで流れているのでは……。

そう思い至ったとたん、心の臓がものすごい音を立てはじめた。才はとっさに胸を押さえ、「落ち着いて」と己に言い聞かせる。

広小路の茶店で働いている芹と違い、自分の顔と素性を知る者は限られる。それにそんな噂が流れれば、真っ先に父の耳に届くだろう。

おとっつぁんから何も言われていないってことは、そんな噂はないってことよ。お芹さんだって、杉浦屋の隠居の前で「勘平切腹」を演じていたから気付かれたんだもの。取り越し苦労はするだけ損だわ。

ひとまず自分を納得させたが、顔色は悪いままだったらしい。師匠に顔をのぞき込まれた。

「才花、どうしたんだい」

「その……ずっと笠をかぶっていたお芹さんの正体がばれたのなら、あたしも危ないかと不安になって……」

でも、そんなことになっていれば、おとっつぁんがあたしを蔵に閉じ込めるはずですから――と言う前に、いきなり紅が甲高い声を出す。

「もう我慢できない。お師匠さん、あたしは少女カゲキ団をやめますっ」

「何だい、花紅は。急に大きな声を出すんじゃないよ、みっともない」

師匠は煙管を持たないほうの手で耳を押さえて顔をしかめる。そして、開け放った障子を顎で指す。

「正体を隠したいなら、辺りに聞こえそうな声で秘密を叫ばないことだ。あんたはつくづく考えなしだね」

自分が仕出かしたことを気付かされ、紅は青くなって口を押さえる。仁は呆れたような顔をした。

「いまさら口を押さえたって遅いわよ」

紅は口から手を離すと、悔しそうに仁を睨む。

「とにかく、あたしはやめるから。お才ちゃんだって、あたしと一緒にやめるでしょう」

「あたしは……」

「最初の予定通り、三月四日の一度限りでやめておけばよかったのよ」

「でも、あたしたちは二度目の芝居をしたときに、また飛鳥山で芝居をすると見物客に約束したじゃないの。ここでやめてしまったら、楽しみにしている人たちを裏切ることになってしまうわ」

　それでなくとも、二度目の芝居は情けない出来だった。あれを水上竜太郎の最後の姿にしたくない。才が思わず言い返すと、怒った紅が目をつり上げた。

「じゃあ、お才ちゃんは大野屋のおじさんにばれてもいいの？　あたしは絶対親に知られたくないわ」

　そう言われると、才の気持ちも大きく揺れる。

　誰も札差の娘が貧しい掛け茶屋の手伝いとつながっているとは思うまい。ここで少女カゲキ団をやめてしまえば、水上竜太郎の正体は謎のまま終えられる……。

「お紅ちゃん、勝手なことばかり言わないで。いま噂が立って困っているのは、お芹さんよ。それをそっちのけで、自分のことばかり案じるなんてみっともないと思わないの？」

　仁のいつもは下がっている目尻が心なし上がっているようだ。もっともな意見にさしもの紅も黙り込む。才もにわかに恥ずかしくなり、芹の顔が見られなかった。

　この稽古所に来たときは、お芹さんに申し訳ないことをしたと思っていたのに。あたしの正体もばれたんじゃないかと思ったとたん、我が身を守ることしか考えられなくなっていたわ。

そもそも自分たちではいい思案が浮かばないから、花円に相談に来たのである。おずおずと師匠を見ると、思いもよらないことを言われた。

「実はあたしの知り合いで、あんたたちに会いたいって人がいる。顔の広い人だから、噂の火消しを手伝ってくれるかもしれないよ」

会ってみるかと続けられて、才は信じられない思いで問い返す。

「お師匠さん、あたしたちのことを誰かに話したんですか」

まさか、信じていた師匠に裏切られるなんて——我知らず恨みがましい顔をしていたらしく、花円が「そう睨みなさんな」と苦笑した。

「最初に瓦版が出回ったとき、どのくらいこっちのことを知られているのか、知り合いに探ってもらったのさ。そのときの知り合いが、少女カゲキ団はあたしの弟子だと気付いちまってね」

首を縮めて打ち明けられて、才はそういうことかと納得した。

踊りの師匠が飛鳥山での芝居を気にすれば、娘一座は花円の弟子ではないかと勘繰《かんぐ》られて当然だろう。

「だが、あたしの弟子は何人もいる。その中の誰が少女カゲキ団なのかは知られちゃいないよ」

「だったら、あたしは会いたくありません」

顔を合わせるなんて、こっちの正体を教えるようなものである。才が尖った声を出すと、紅も勢い込んで顎を引く。すると、師匠が大仰に天を仰いだ。

「それじゃ、あんたは向こうの頼みを聞き入れず、こっちの頼みだけ聞いてもらおうっていうのかい。ずいぶんと虫のいい話だね」

同じようなことを静も言っていたけれど、その人物が必ず「噂の火消しをしてくれる」と決まったわけではない。顔をさらして助けを得られなかったら、こっちが馬鹿を見るだけだ。

「……あたしはその人に頼りたくありません」

「それじゃ、あたしは力になれない。あんたたちで何とかしておくれ」

花円はその知り合いをずいぶん買っているようだ。才が途方に暮れて仁を見ると、ようやく仁が口を開く。

「お師匠さん、そのお知り合いなら、お芹さんの噂を消すことができるんですか」

「それは相談してみないとわからないがね。ただ、人の心の機微には人一倍通じている男だ。世間の噂を操ることだってできるはずだよ」

師匠の言葉に芹はじっと考え込む。仁はますます興味がわいたようで、おもむろに膝を進めた。

「お師匠さん、その知り合いって誰ですか」

「蔦屋重三郎《つたやじゆうざぶろう》って新吉原《しんよしわら》の地本問屋《じほんどいや》さ。あんたたちには馴染みがないかもしれないけれど、男なら誰でも知っている『吉原細見《よしわらさいけん》』を出している版元だよ」

「吉原の本屋……それって耕書堂《こうしよどう》のことじゃありませんか」

本の虫の仁は心当たりがあるらしい。裏返った声を出されて花円がうなずく。

「そうだよ、よく知っているじゃないか」

「知らないはずがありませんっ」

さっきまで浮かない顔をしていたのに、仁の顔は興奮で真っ赤に染まっている。才は思わず仁の袖を引いた。

「お仁ちゃん、その人のことを知っているの」

「知っているも何も、耕書堂と言ったら、朋誠堂喜三二《ほうせいどうきさんじ》の『見徳一炊夢《みるがとくいっすいのゆめ》』を出した版元じゃないの」

鼻息荒く言われたけれど、才は仁ほど戯作に詳しくない。「それって面白いの」と尋ねれば、「もちろんよ」と唾を飛ばされた。

「黄表紙の評判記の中には、『見徳一炊夢』を『極上上吉』に位付けしているのもあるんだから。あんなに評判になったのに、お才ちゃんてば読んでいないの」

本気で驚いた顔をされると、何だか肩身が狭くなる。

ふと芹と紅にも目をやれば、二人ともきょとんとしている。仁もそれに気付いたようで、じれったそうに身をよじる。

「もう、どうして誰も読んでいないのよ。お師匠さん、あたしは耕書堂さんに会いますから。いいえ、どうか会わせてください」

いきなり頭を下げた仁を見て、才と紅は慌てて反対する。しかし、仁は「あたしひとりでも会う」と言い切った。

「あたしは耕書堂さんに『忍恋仇心中』を読んでもらいたいの。こんな機会は二度とないもの」

狂言作者志望にとって蔦屋重三郎は憧《あこが》れの人物であるようだ。その勢いに気圧《けお》されながらも、才は何とか言い返す。

「いまはそんなことをしている場合じゃないでしょう」

「そうよ、肝心なのはお芹さんの噂をどうするかじゃない」

「あら、さっきまで少女カゲキ団をやめるって言っていたお紅ちゃんに、そんなふうに言われたくないわ」

口達者な仁はすかさず痛いところを突く。紅が口をへの字に曲げると、これ見よがしににっこり笑った。

「もちろん、台本を読んでもらうのはあくまでついでよ。お芹さんはあたしと一緒に耕書堂さんと会ってみるわよね」

芹はしばらくためらったあと、覚悟を決めたようにうなずいた。才と紅は言葉もなく互いの顔を見つめ合い、花円はひらひらと手を振った。

「それじゃ、才花と花紅はもうお帰り。ここにいたって邪魔だから」

そんなふうに言われて、「はい、そうですか」と帰れるものか。仁の興奮具合からして、憧れの相手に会ったら余計なことを言いそうだ。

だったら、あたしも一緒にいて見張っていたほうがまだましよ。いざとなれば、お仁ちゃんの口を手でふさぐこともできるもの。

そして、才が「会う」と言えば、紅だって否やはない。

「何だ、やっぱり四人で会うのかい」

花円に笑いながら念を押され、才は渋々うなずいた。

七

芹は稽古所《けいこじょ》を出ると、すり鉢長屋に駆け戻った。

別に急いで戻ったところでやることなんてないけれど、ゆっくり歩く気になれなかった。

「ただいま」

声をかけて腰高障子《こしだかしょうじ》を開ければ、母はまだいなかった。

時刻はじき七ツ（午後四時）になる。母の天秤棒《てんびんぼう》が土間にないから、一度戻ってまた出かけたわけではないだろう。帰りが遅いと騒ぐほどではないのに、芹は何だか胸騒ぎがした。

おっかさん、足や腰が痛くなって、人気のないところで動けなくなっているってことはないわよね。

自分が思いがけない不運に見舞われたせいで、ろくでもないことばかり思いつく。

芹はまた眉間《みけん》にしわを寄せ、母が何日か前に「若い商売敵ができた」とこぼしていたことを思い出した。

青物の行商は天秤棒と笊《ざる》、もしくは背負《しょ》い籠《かご》とわずかな元手があれば、誰《だれ》にでもできる商売だ。奉公先のない半端者や田舎《いなか》から出てきたばかりの百姓崩れがとりあえず始め、金が貯《た》まると商売替えをする。

青物の行商は、売り物が重くてかさばるわりに利が薄い。長くやるにはうまみが少ない商売を母は芹が生まれる前から続けている。

もちろん、長くやっていればいいこともある。いつも買ってくれるお得意様だってできるし、母が青物を売り歩く縄張りのようなものもできる。

だが、亭主のいない女や父親のいない娘は、立場の弱い女の中でもさらに一段低く見られる。母の得意先にちょっかいを出す掟破《おきてやぶ》りが現れても、周りの同業は見て見ぬふりだ。そのせいで母の周りにばかり新参の商売敵が湧《わ》いて出た。

あたしが男だったら、天秤棒を担いで怒鳴り込んでやったのに。そうすりゃ、おっかさんの縄張りにちょっかいを出す不心得者も消えたはずだよ。

こんなとき、いまさらながら我が身の無力さに腹が立つ。

いくら男並みに背が高くとも、芹は十六の小娘だ。芝居では剣の達人になり切って酔っ払いを黙らせることができたって、現《うつつ》の世では役に立たない。

それどころか、いまはまめやで働いて金を稼ぐことさえできないのだ。無力な己に嫌気がさしてぼんやり座り込んでいたら、大きな腹の鳴る音で我に返った。

そういえば、今日は昼餉《ひるげ》を食べていない。初音に行ってもまんじゅうどころか、お茶すら口にしなかった。みなと話している間中、これからのことが気になって腹の空《す》き具合など忘れていた。

とはいえ、一度空腹に気付いてしまうと、たちまち我慢ができなくなる。芹は竈《かまど》で湯を沸かし、わずかに残っていた菜っ葉入りの冷や飯を湯漬けにすることにした。おかずはぬか床の底に残っていた大根の古漬けである。

一体いつからあったのか、白い大根がすっかり茶色に染まっている。ここまで漬かると塩気がきつくなりすぎて、正直あまりおいしくない。だが、ほんの少しでおかずになると細かく刻んで冷や飯に載せ、その上からお湯を注いだ。

ずるずると音を立ててすすり込むと、少し気持ちが落ち着いた。芹は食べ終えた碗《わん》や箸《はし》を箱膳《はこぜん》の中にしまい、宙を睨《にら》んで考える。

四角い文字（漢字）が読めないので、書物にはとんと縁がない。師匠《ししょう》の知り合いの地本問屋《じほんどいや》がどういう人物か知らないけれど、歳《とし》のわりに大人びている仁が舞い上がっていたくらいだ。きっと、世間に顔の利くたいしたお人なのだろう。

お師匠《つしょ》さんが信用して、秘密を打ち明けたくらいだもの。あたしが遠野官兵衛だって噂《うわさ》もきっとどうにかしてくれる。そうなれば、またまめやで働けるわ。

見ず知らずの相手に期待する一方で、釈然としない思いもあった。

善助にばれたとき、芹は最後までしらを切った。そのせいで善助に恨まれて面倒なことになっているのに、仁も師匠も問い詰められるとさっさと白状していたなんて。

ひとり嘘《うそ》をつきとおした自分はとんだ大間抜けだ。

杉浦屋の離れで問い詰められたとき、すぐに認めればよかったの？　でも、善助さんを信じていいかなんてわからなかったし……。

でも、だって、と繰り返しながら、芹は今日の出来事を思い返した。

登美から「しばらく店に来ないで欲しい」と言われたあと、取るものもとりあえず杉浦屋に行った。まめやに来た娘たちから噂の出所を聞き、そのうちの何人かが「勘平切腹」の話もしていたからだ。

あれほど「あたしは遠野官兵衛じゃない」と言ったのに。本人が違うと言ったことを触れて回るなんてどういうつもりよ。

ここは善助に責任を取ってもらわないと——強い決意で乗り込んだのに、目をつり上げた芹を見ても相手はまるで動じなかった。「おや、久しぶりだね」と微笑《ほほえ》みかけられ、ますます怒りを強くした。

――あたしがどうしてここに来たか、善助さんは先刻承知でしょう。あたしに何の恨みがあって、あんな嘘を流したの。

――藪《やぶ》から棒《ぼう》に何のことだい。わしは嘘なんぞついた覚えはないよ。

白髪《しらが》頭を傾けて、善助がそらとぼける。芹は頭に血が上り、「ふざけないでよ」と吐き捨てた。

――あたしは遠野官兵衛じゃないって、はっきり言ったじゃない。本人が違うと言っているのに、どうして他人に広めるの。善助さんが根も葉もない噂を流したせいで、あたしはまめやで働けなくなったんだ。いまから「あれは自分の勘違いだった」と噂を打ち消して回ってちょうだい。

気持ちが高ぶっているせいで、言い募る声が震えてしまう。瞬《まばた》きもせずに睨む芹を相手はまっすぐ見返した。

――根も葉もない噂ねぇ。しつこいようだが、お芹ちゃんは本当に遠野官兵衛を演じていないのかい。

また同じことを問われて、一瞬返事に詰まる。

芝居では別人になり切るから、真っ赤な嘘でも平気で言える。

だが、芹として嘘をつくのはどうも慣れない。それでも気を取り直してうなずいたのに、

——やれやれ、お芹ちゃんは嘘つきだな。

口を歪《ゆが》めて返されて、芹は地団太を踏みたくなった。「嘘なんかついていない」「あたしじゃない」と言い張っても、相手は苦笑するばかりだ。

——年寄りの目をなめなさんな。若い娘の底の浅い嘘なんて、こっちはひと目で見破れる。それに、わしは「まめやの手伝いが演じた勘平が見事だった。遠野官兵衛を演じた娘が男と見紛《みまが》う役者ぶりなら、それはきっとその子だろう」と言っただけだ。この言葉のどこに嘘がある。

芹の背恰好《せかっこう》や「勘平切腹」をまねたときの様子をあちこちで吹聴《ふいちょう》しただけで、そこに嘘は一切ない。そう断言されてしまえば、どう文句を言っていいのかわからなくなった。

問題なのは、善助の話を鵜呑《うの》みにしてまめやに押しかけ、芹の仕事の邪魔をした娘たちだ。しかし、芹が素直に「遠野官兵衛を演じた」と認めれば、あの娘たちだっておとなしかったのかもしれない。

とうとう何も言えなくなり、唇を噛《か》んで帰ろうとしたら、

――わしはお芹ちゃんの「勘平切腹」を見て、心底すごいと思った。男ならいい役者になれたのに……と残念に思っていたから、少女カゲキ団のことを知って思わず膝《ひざ》を打ったんだよ。女だからと諦《あきら》めず、正体を隠して仲間と芝居をするなんて、あの子は本当にたいしたもんだと。

思わず後ろを振り向けば、白髪頭の年寄りはひどく悲しそうだった。

――人生は長い。他人を信じられなかったら、どんなことでも行き詰まる。これを機によく覚えておきなさい。

つまり、立派なご隠居様があえて心を鬼にして、小娘に世の理《ことわり》を教えてくれたということか。実のところは、自分を信じない小娘に腹を立てて意趣返しをしただけじゃないか。

腹の中で言い返し、芹は杉浦屋を飛び出した。

世間は身分の高さや身代《しんだい》の大きさで相手を信頼する。善助はいつも人から信用されてきたはずだ。

しかし、こっちは実の父に何度も裏切られている。赤の他人の男を信用できなくて何が悪い。

あたしとおっかさんが困っているとき、助けてくれたのは女の人ばかりだった。男の口車に乗せられて、後悔するなんてまっぴらだ。本気で信じて欲しければ、こっちが困ることをしなければいいじゃないか。

これだから男は嫌いだと、芹は大きなため息をつく。

蔦屋とかいう本屋の主人も男だけど……頼って本当に平気だろうか。

芹は不安になってきたが、ここは師匠を信じるしかない。いま考えるべきは、自分の真実を母や登美に伝えるか否かである。

隠し事は苦手だし、本当はすべて打ち明けてしまいたい。そのほうが今後何か起こったときに、母や登美に相談できる。

だが、母はともかく、登美はどんな顔をするだろう。まめやの娘客に「あたしは遠野官兵衛じゃない」とさんざん言い続けておいて、「実は嘘をついていました」と、どの面《つら》下げて打ち明けるのか。

それに、おかみさんは役者が嫌いだもの。あたしが嘘をついていたことは百歩譲って許してくれても、男のふりで芝居をするのは「やめろ」と言われるに決まっている。九月の「仇討の場」だってできなくなるわ。

芹が頭を抱えたとき、腰高障子がガタリと動いた。

「お芹、何であんたがここにいるのさ。まめやで何かあったのかい」

土間に立つ母は左手に天秤棒、右手に笊を持っている。芹は顔をこわばらせて「お帰りなさい」と声をかけた。

「今日はまめやに困った客が来て……おかみさんがあたしに帰れって……」

すべてを打ち明ける勇気が出ず、あちこちぼかして説明する。母は事細かに問いただすことはなく、訳知り顔でうなずいた。

「あんたも年頃《としごろ》だからねぇ。ちょっと背が高すぎるけれど、あたしとあの人の娘だもの。顔立ちは決して悪くないんだ。変な虫だって寄ってくるさ」

その虫がすべて女だなんて、母は思っていないだろう。芹はちょっと迷ったが、相手の勘違いをそのまま放《ほう》っておくことにした。

「それで、その傍迷惑《はためいわく》な虫はどんな感じなんだい。お登美さんがあんたを帰すくらいだから、亭主にはできそうもないんだろうね」

「ええ、絶対無理。死んでも無理」

今朝の騒ぎを思い出し、芹は力一杯首を振る。母は目を瞠《みは》ってから、気の毒そうに眉《まゆ》を下げた。

「あんたも男運が悪そうだねぇ。虫を追い払う手立てはあるのかい」

「追い払うことができないと、あたしはまめやで働けないわ。あたしがいるとかえって他のお客の迷惑になるって、しばらく休むことになったんだから」

「何だって」

初めは面白がっていたが、さすがにただ事ではないと思ったらしい。母は天秤棒を放り出して芹の前に正座した。

「何だってそんなことになったのさ」

真顔で詰め寄られたが、詳しく話せばぼろが出る。芹は首を左右に振った。

「そんなの、あたしにだってわからないよ。それより、おっかさんの商いはどうだったのさ。何だか機嫌がよさそうだけど」

商売敵のせいで疲れ切って帰ってくると思ったのに、母の表情は妙に明るい。ふと去年の暮れとよく似た胸騒ぎを感じて、芹は思わず息を詰める。母は照れたように頬《ほお》を押さえた。

「松崎《まつざき》様のところに新しい中間《ちゅうげん》が入ってね。芝居に目がない人らしくって、あの人を知っていたんだよ」

松崎様というのは、母が青物を仕入れている旗本屋敷の主人の名だ。母はそこに新しく雇われた中間から「あんたが市村座にいた川崎万之丞《かわさきまんのじょう》のおかみさんか」と声をかけられたという。

「あたしはこんな恰好だろ？　人違いのふりをしようかと思ったんだけど……目の前で『万之丞なら名題《なだい》役者も夢じゃなかった』って言われるとねぇ。他人のふりはできなかったよ」

「ふうん」

「いまは幇間《ほうかん》をやっているって言ったら、そりゃあ残念がってくれて。あたしはありがた涙がこぼれたよ」

「へえ、そう」

「その人も本来なら、渡り中間なんてやるような生まれじゃないんだ。ちゃんとした侍の家の三男として生まれたのに、なまじお頭《つむ》の出来がよかったせいで周りのやつらに妬《ねた》まれて……養子先を追い出され、実家も頼れなくなったんだって。本当に人の嫉《しっ》妬《と》くらい恐ろしいものはないいね」

「………」

父が役者仲間に妬まれて、罠《わな》にはまったことを思い出しているのだろう。母は鼻息荒くまくしたてるが、父が役者だったのは芹が生まれる前のことだ。

その中間は果たしていくつなのか。一世を風靡《ふうび》した役者ならいざ知らず、相中《あいちゅう》になってすぐに消えた役者のことをいちいち覚えているだろうか。

「おっかさん、念のために聞くけれど」

「何だい」

「その初対面の中間に金を貸したりしていないよね」

仁の「忍恋仇心中」では、忠義の中間が出てくるけれど、いまどきの中間は破落戸《ごろつき》と変わらない。大名屋敷の中間部屋では、毎晩のように賭場《とば》が開かれていると聞く。松崎家にいる下男下女は母の身の上を知っているはずだ。これは母を舞い上がらせて、金を引き出す罠ではないか。

娘にじっと見つめられ、母は「も、もちろんだよ」と目をそらす。

いつもならここで文句を言うのだが、今日はさすがに何も言えない。芹が口をつぐんだ隙《すき》に、母は「晩のおかずを買ってくる」と言って出ていった。

その翌日、母は登美から娘の事情を聞いたらしい。商いを早々に切り上げて、八ツ半（午後三時）前に帰ってきた。

「お芹、あんたは少女カゲキ団で立役《たちやく》をしてるのかいっ」

その大声に驚き、芹は土間に飛び降りて母の口を手でふさぐ。

すり鉢長屋の住人は貧乏人ばかりである。日の高いうちはほぼ出払っているとはいえ、無人というわけではない。

「おっかさん、大声で馬鹿なことを言わないで。隣近所に聞こえるじゃない」

「聞かれたって構うもんか。それで、本当のところはどうなのさ」

「……まめやのおかみさんに聞いたでしょう。背恰好が似ているだけの人違いだよ。だから困っているんじゃないか」

芹は一瞬詰まったものの、何食わぬ顔で返事をする。すると、天秤棒を握ったまま、母が芹に嚙みついた。

「それじゃ、よその娘が人前で男を演じてちやほやされているってのかい。お芹、あんたはいますぐにその少女カゲキ団とやらに入っといで」

突拍子もない母の言葉に芹は目を丸くする。呆《あき》れながらも「少女カゲキ団は正体不明で、すぐに入れるようなものではない」と説明したが、母は納得しなかった。

「ええ、じれったい。何をのほほんとしているのさ。他の娘が男を演じて評判になっていても、悔しいと思わないのかい」

「そんなことを言ったって……」

「あんたは川崎万之丞の血を引いているというだけじゃない。物心のつく前から、あの人に役者のイロハを仕込まれているんだよ。あんたが男を演じれば、その何とか官兵衛なんか目じゃないさ」

「…………」

母は登美から話を聞くまで、少女カゲキ団が男姿の娘たちが芝居をする一座だとは知らなかったらしい。歯ぎしりして悔しがる姿に芹は冷めた目を向ける。

いま、自分が遠野官兵衛だと打ち明ければ、母はさぞかし喜ぶだろう。

そうだと思った、あんたは川崎万之丞の娘だもの。

水臭いね、どうしておっかさんにも秘密にしていたんだい。

おとっつぁんに教えたら、大喜びするに違いないよ。

そして、芹がどんなに口止めしても父に教えに行くだろう。芹は母の子である前に、川崎万之丞の娘だから。

その後、父はどうするか。放っておいてくれればいいが、金になりそうだと下手にすり寄ってこられたら面倒なことになる。

やはり母には本当のことを告げられない。改めてそう思い知り、「おっかさん」と低い声を出す。

「落ち着いてよく考えて。あたしがおとっつぁんに芝居の稽古をしてもらっていたのは、もう十年も前のことよ」

「でも、そのあとだってひとりで稽古をしていただろう」

「その稽古も三年前にやめたって、おっかさんも知っているでしょう」

「だ、だけど、あんたの才を見込んで、踊りのお師匠さんがタダで教えてくれるようになったじゃないか」

「あれは、あたしがあんまり熱心だからお情けで教えてもらっているだけ。とにかく、あたしと少女カゲキ団は何の関《かか》わりもないからね」

そっけなく言い切りながら、芹の心の臓は激しく音を立てていた。母は納得いかないと言いたげに娘の顔を見つめている。

――年寄りの目をなめなさんな。若い娘の底の浅い嘘なんて、こっちはひと目で見破れる。

ふと、善助の言葉を思い出したが、母は人を見る目がない。もし少しでも見る目があれば、初対面の中間に騙《だま》されて金を貸したりしないはずだ。それ以前に、父に惚《ほ》れることなどなかっただろう。

しばしの気まずい沈黙のあと、母は少し頭が冷えたらしい。諦めたようにため息をついた。

「うまくいかないもんだねぇ」

独り言めいた呟《つぶや》きに、芹は心の中でうなずいた。

師匠の知り合いには五月七日に会うことになった。

芹は約束の時刻より小半刻《こはんとき》も早く花円の稽古所に着いた。何か支度があれば手伝うつもりだったのだが、座敷にはもう仁が座っていた。目を丸くした芹に気付き、誇らしげに胸を張る。

「お芹さん、来るのが遅いわよ。村松町なんてここからいくらも離れていないくせに」

尾張町に比べればはるかに近いとはいえ、約束の刻限は朝四ツのはず。あと小半刻はあると思いつつ、芹は相手を見返した。

「そう言うお仁さんはやけに早いね。着物もいつもと感じが違うし、まるでお見合いでもするみたいだ」

仁も大店《おおだな》の娘だからいつもいいものを着ているけれど、才や紅に比べると、地味なものが多い。今日は山吹《やまぶき》の地に蝶《ちょう》が描かれた華やかな振袖《ふりそで》に、黒地に花の刺繍《ししゅう》がしてある豪華な帯を結んでいる。簪《かんざし》も目を引く大ぶりな前挿《まえざ》しを二つも挿しているではないか。

憧《あこが》れの相手に会えるからと、めかし込んで来たらしい。こっちの気も知らないでと、芹はひそかに舌打ちした。

「耕書堂さんに読んでもらおうと、『仇討の場』の台本を持ってきたの。面白いって言ってもらえるかしら」

「……たとえ面白いと言ってもらえても、このままじゃ少女カゲキ団は続けられないと思うけど」

目をキラキラさせる仁が癪《しゃく》に障《さわ》り、芹は憎まれ口を叩《たた》く。

気まずい空気が流れたところへ、才と紅がいつも通り華やかな振袖姿で現れた。手にはそれぞれ風呂敷《ふろしき》包みを抱いている。

「あら、二人とも早いのね」

「てっきり、あたしたちのほうが早いと思ったのに」

二人はそう言ってぐるりと四方を見回すと、持参の風呂敷包みを解き、躊躇《ちゅうちょ》なく帯を解き出した。

「ちょっと、二人とも何をするの」

呆気《あっけ》に取られる芹の脇《わき》で、仁が咎《とが》めるような声を出す。紅はせわしなく着物を脱ぎながら、得意げに小鼻をうごめかせる。

「振袖なんか着ていたら、あたしたちの素性を相手に教えるようなものでしょう。粗末な着物に着替えるから、ちょっと待っててちょうだいな」

　才は一足早く着替え終え、脱いだ振袖をたたんでいる。いま着ているのは、芹の着物と五十歩百歩の袖の短い紺絣《こんがすり》だ。紅も格子柄の浅葱木綿《あさぎもめん》に袖を通して、半幅帯《はんはばおび》を結んでいる。

　こんな着物や帯が大野屋や魚正の簞笥《たんす》に入っているわけがない。ここに来る途中に古着屋で買ってきたのだろう。

　白魚のような手の娘が粗末な着物を着ていてもしっくりこない。先方はすぐにこっちの狙《ねら》いを見透かすはずだ。仁も同じことを思ったのか、額を押さえてため息をつく。

「……悪いことは言わないから、振袖に着替え直したほうがいいわ。耕書堂さんは吉原に店を構える地本問屋よ。花魁《おいらん》の豪華な衣装を見慣れている人に、そんな恰好でお目にかかったら失礼じゃないの」

「お仁ちゃんこそ、どうしていつもよりめかし込んでいるの？　お師匠さんはあたしたちの素性を相手に教えていないんでしょう？　振袖なんか着ていたら、大店の娘だってばれてしまうわよ」

　紅は真顔で言い返すけれど、東花円の弟子は大店の娘ばかりだと世間がすでに知っている。そんな小細工に意味はないが、余計なことは言わなかった。座敷に来た師匠はいつもと違う紅たちを見て、「おやまあ」と笑った。

待ち人は約束の時刻から小半刻も遅れて現れた。

「いや、お待たせしました。手前が蔦屋の主人、重三郎でございます」

一応急いだらしく手ぬぐいで汗を拭《ふ》きながら入ってきたのは、見たところ三十前後の男である。ゆで卵に一筆書きで目鼻を付けたようなさっぱりした顔立ちだ。

くせのない顔はとっつきやすそうだし、物腰は柔らかい。

だが、流行物《はやりもの》を出している地本問屋の主人というより、そこの番頭か、もしくは手代のようだ。ちらりと見えた羽織の裏が派手なのは、己が主人に見えないことを自覚してのことかもしれない。

この人と善助さんがそれぞれ違うことを言えば、善助さんを信じる人のほうが多そうね。お師匠さんは相談する相手を間違えたんじゃないかしら。

予想を裏切る相手の見た目に芹は不審を募らせる。小娘の値踏みするような目つきに気付かないのか、向こうはなぜか上機嫌だ。

「さすがに、きれいどころがお揃いで。これなら花円師匠が手前を近づけなかったのもうなずけます」

「蔦屋さん、軽口はいいから早く座っとくれ。あんただって忙しい身の上じゃないか。

ところで、今日はどうして遅れたのさ」

「よくぞ聞いてくださいました。昨晩は狂歌の会がありまして」

「ふんふん」

「今年の正月に出た『万載狂歌集《まんざいきょうかしゅう》』に負けない狂歌の本を出したいと、人気の狂歌師を集めたのはいいけれど、狂歌だから今日できるとは限らない。興が向くまで戦々恐々……」

「そういうのはいいから、とどのつまりはどうなったんだい」

「会がお開きになった後、大文字屋《だいもんじや》に繰り出しまして、つい寝過ごしたというわけで」

蔦屋は額をぴしゃりと叩き、師匠は呆れた顔をする。仁は身を乗り出して二人のやり取りを聞いていたが、芹は「この人に相談して大丈夫か」とさらに不安になっていた。

「あんたは無駄な前置きが長くていけないよ」

「師匠は相変わらず手厳しい。でも、そこがいいところですからねぇ」

「もう、ごちゃごちゃ言いなさんなっ」

話すうちに苛立《いらだ》ってきたようで、師匠が客を叱《しか》りつける。それでも、蔦屋はヘラヘラしていた。

「はいはい、おっしゃる通りにいたしましょう。それにしても、おまえさん方は面白いことを始めたものだ。女歌舞伎《おんなかぶき》は御法度《ごはっと》だと知っているだろうに」

いきなり物騒な言葉が飛び出して、四人は揃《そろ》って息を吞《の》む。師匠はすぐ「人聞きの悪いことを言わないどくれ」と切り返した。

「少女カゲキ団は三味線《しゃみせん》や鳴り物を使っていないし、舞台に立ってもいないんだ。それに、歌舞伎じゃなくて花が化ける伎だと言ったじゃないか」

「ああ、そう言えばそうでしたね。確かにこの子たちが男の姿になるのなら、花が化ける伎《わざ》と言うべきしょう。いま巷《ちまた》で噂になっているという遠野官兵衛は、背の高いおまえさんかな」

三日月形の目は一見笑っているようだが、中の黒眼は冷ややかだ。

芹はうなずくことをためらうも、ここで嘘をついたら話が進まない。目の前の男ではなく、師匠を信じてうなずいた。

「ちょっと、そこで立ち上がってくれないか。ああ、なるほどね。おまえさんなら男姿もさまになるだろう。女物の着物を着るより、男物の着物を着たほうが色っぽいかもしれないね。顔立ちも整っているし、若い娘が熱を上げるのも無理はない」

言われた通りに立ち上がれば、同じく立ち上がった蔦屋が頭からつま先まで吟味するように芹を見つめる。ひとり勝手に納得されて、芹は困って師匠を見た。

「蔦屋さん、何をブツブツ言っているのさ。あたしたちにもわかるように説明してくださいな」

「ああ、ちょっと待ってくださいよ。先に確かめたいことがあって……その端に座っているお嬢さんも立ってみておくれ。そう、紺の絣を着たおまえさんだよ」

言われた才は一瞬顔をしかめて師匠を見る。だが、師匠が止めないと知ると、おとなしく立ち上がった。

「うん、おまえさんが水上竜太郎だね。派手な振袖袴《はかま》姿が似合いそうな顔立ちだよ。こっちの遠野官兵衛より線が細いし、背丈も低い。これなら二人の絵を並べてもつり合いがとれそうだ」

「二人の絵って、蔦重《つたじゅう》さん。あんた、まさかこの子たちの錦絵《にしきえ》を拵《こしら》えるつもりかい」

蔦屋の言葉を聞き咎め、花円がうろたえる。しかし、相手は平然と「そうですよ」とうなずいた。

「少女カゲキ団は正体を隠し通さなきゃいけないのに、その背の高い娘が遠野官兵衛じゃないかと噂になって困っている——そう師匠はおっしゃった。その噂を打ち消す

ために は、遠野官兵衛の人相を世間に教えるのが一番です」

いまのところ、遠野官兵衛の人相をはっきり知っている娘はいない。だからこそ背恰好と杉浦屋の隠居の話だけを頼りに、娘たちが寄ってくる。

だが、遠野官兵衛の錦絵が世に出回れば、とりあえず人相ははっきりする。その錦絵の顔と似ていなければ、「背が高いだけの茶店の手伝いなんて、誰も見向きもしませんよ」と蔦屋は笑う。思ってもみなかった解決策に芹は目を白黒させた。

「それじゃ、あたしに似ていない錦絵を絵師に描《か》かせるんですか」

「ご心配なく。かけらも似ていない別人にするつもりはありません。おまえさんの顔をより男らしく描けば、おのずと別人の顔に見えるものです。おかるの姿をしたお多福半四郎の錦絵を見たところで、男に戻ったときの顔は思い浮かばないでしょう？　それと同じことですよ」

お多福半四郎とは、人気女形の四代目岩井《いわい》半四郎のことだ。男にしては丸顔のため女姿がかわいらしく、踊りもうまい。

「別に、瀬川菊之丞《せがわきくのじょう》だって構いません。そもそも男が女を演じるには、より女らしさを強調しないわけにいきません。おまえさんを男らしく見せるため、眉を太く、鼻筋をしっかり描けば、見た目がだいぶ変わるはずだ。それでも不安なら、額の生え際辺りに黒子《ほくろ》でも描き入れておけばいい。もし『似ている』と言われても、黒子がないから自分じゃないと言い張る証《あかし》になるでしょう」

立て板に水とまくしたてる蔦屋の説明を芹は黙って聞いていた。

相手の言いたいことはわかった。つまり、まめやに押しかけてきた娘たちに遠野官兵衛の錦絵を突きつけ、「あたしとどこが似ているのさ」と言い返せということだ。目に見える証があれば、向こうも人違いだと納得するかもしれないが。

せっかく錦絵を描いてもらえても、あたしの顔じゃないなんて。本当はあたしが遠野官兵衛なのに……。

いままで何度も「あたしは遠野官兵衛じゃない」と口にしてきた。だが、これからは他人に「遠野官兵衛じゃない」と言われるようになるのだろう。

じわじわと口惜しさがこみ上げてきて、芹は下唇を噛みしめる。

役者の錦絵は絵草紙屋の店先に何枚も並んでいるけれど、描かれる役者は誰もが名を知る人気役者ばかりだ。芹も幼い頃は「錦絵に描かれるような人気役者になりたい」と願ったものである。

それが思わぬ形でかなうのに、誰にも誇ることができない。芹が錦絵に描かれたと知れば、父など歯ぎしりして悔しがるだろう。

男だったら、こんな思いはしなくてすんだのに――芹はこみ上げるさまざまな思いを呑み込んで、気になったことを蔦屋に尋《たず》ねた。

「あたしに似ていない錦絵が出回ったら、九月に芝居をするときに『役者が違う』と言われませんか」

「声が一緒なら言われませんよ。師匠もそう思うでしょう」

迷いのない口調で言われ、芹はハッとする。

そういえば、役者は見た目より声が重視されていた。それでも不安で師匠を見れば、険しい表情で顎《あご》を引かれる。

「ああ、それはあたしも大丈夫だと思うけれど……蔦屋さん、本当にこの子たちの錦絵を作って売り出す気かい？　少女カゲキ団は娘たちの間で評判になったとはいえ、江戸中にその名が知られているわけじゃない。贔屓《ひいき》の中には、もう熱が冷めた娘もいるだろう。あたしを助けるために無理をしようってんなら、やめとくれ」

師匠の言う通りだと恐る恐る蔦屋を見れば、意外にも不敵な笑みを浮かべた相手は胸を叩《たた》く。

「手前を見くびっちゃいけません。売れるという見込みがなければ、こんなことは申しませんよ」

「でも、飛鳥山で芝居をしたのは三月で、いまは五月だ。森田座では先月の大当たりを受けて、今月も同じ演目をやっているっていうじゃないか。世間はそっちに夢中だろう」

歌舞伎で大当たりが出れば、当然その役柄に扮した人気役者の錦絵が出回る。その隣に遠野官兵衛や水上竜太郎の錦絵が並んだところで、誰も手に取るまいと花円は心配しているようだ。

しかし、抜け目のない商人はにやりと笑った。

「だからこそ、手前はこちらの二人の錦絵が売れると踏んでいるんです」

「どうしてだい」

「森田座の大当たりとなった『加賀見山旧錦絵』は『女忠臣蔵』の異名もある女同士の仇討《あだうち》です。名題の立役が悪女岩藤に扮し、その手下、じゃなくて仕える腰元も普段は男を演じることが多い役者をあえて揃えているようです」

「それくらい、あたしだって知っているよ。『加賀見山』が大当たりだと、どうしてこの子たちの錦絵が売れるのさ」

「おや、ここまで言ってもおわかりになりませんか。男が女に扮して仇討をするのが森田座の『加賀見山』。女が男に扮して仇討をするのが、少女カゲキ団の『忍恋仇心中』。ほら、男女があべこべになっているでしょう」

言われて師匠は口を押さえ、芹は思わず膝を打つ。仁と紅も驚いたのか、大きく目を見開いていた。

「ごついお局《つぼね》姿の岩藤の隣にスラリとした官兵衛の錦絵を置けば、目を引くに決まっています。そっちのお嬢さんは中老《ちゅうろう》尾上かお初の隣かな。男が演じる女と女が演じる男、さてどちらが美しいかとあおってもいいかもしれません。そうそう、錦絵には次の芝居を九月にやることも書いておきましょう」

蔦屋によれば、少女カゲキ団は秘密が多すぎるとか。正体を隠したいのであれば、なおのこと教えていいことは進んで教えたほうがいいと言われた。

「吉原の女も『ぬしとの次の約束があれば、つらい苦界で生きていける』と客によく言っています。九月に芝居をする気なら、さっさと告げたほうがいい」

「それは、蔦重さんの言う通りだが」

「ここまで話を聞いたんです。手前も少女カゲキ団の仲間に入れてくださいまし」

先に頭を下げられて、花円も迷いを振り切るように「お願いします」と手をついた。

それを見た紅が慌てた様子でしゃべりだす。

「お師匠さん、ちょっと待ってください。あたしは錦絵を摺《す》るのは反対です。どうしてもというなら、遠野官兵衛だけでいいでしょう。正体がばれそうになって困っているのは、お芹さんだけだもの」

当の才はどうしていいかわからないような顔をしている。食えない商人は涼しい顔でかぶりを振った。

「おかるに勘平、助六《すけろく》に揚巻《あげまき》、塩冶判官に高師直――こういうものは対になっているもんですから、遠野官兵衛ひとりじゃいけません。さっきも竜太郎の錦絵を中老尾上の隣に並べると言ったでしょう」

「で、でも、そんなことをして」

「正体がばれるような錦絵にはいたしませんよ。江戸中の女が喜ぶ紅顔の美少年にいたします。それに、おまえさんだって見たいでしょう」

「あたしは別に水上竜太郎の錦絵なんて……」

口ごもった紅を見て、蔦屋は「違いますよ」と遮った。

「名のある役者の錦絵と比べて、世間は水上竜太郎をどう思うか。手前はぜひとも知りたいですがねぇ」

才の腰巾着《こしぎんちゃく》である紅はその一言で折れた。それを感じ取った仁が蔦屋のほうにいざり寄る。

「飛鳥山で演じた『忍恋仇心中』はあたしが台本を書いたんです。次は仇討の場面をやりたいんですけれど、見てもらえませんか」

「花仁、いまそれどころじゃないだろう」

身勝手な頼みを師匠はすかさず窘《たしな》める。しかし、蔦屋は笑みを浮かべて台本の束を受け取った。

「師匠、そう怖い顔をなさいますな。実を言うと、手前は前から『忍恋仇心中』がどうなるのか、気になっていたんです。これはお預かりしても構いませんか」

「は、はい、どうぞよろしくお願いします」

憧れの人の「気になっていた」という言葉がよほどうれしかったのだろう。仁は首が抜けそうなくらい何度もうなずく。

こうして気が付けば、遠野官兵衛と水上竜太郎の錦絵が作られることになっていた。

八

――五月十日に絵師を連れていく。正九ツまでに衣装をつけて稽古所にいるように。

できる商人は動きが速い。

才が花円を通じて蔦屋の伝言を聞いたのは、翌八日のことだった。

とはいえ、続けざまに出かければ、母の娘を見る目が厳しくなる。才は言い訳に苦労しながらどうにか家を抜け出すと、四ツ半（午前十一時）過ぎに高砂町にはせ参じた。

さて、正九ツまでに着替えて髪も直すとなると、もたもたしていられない。芹は早めに来たのか、すでに黒の着流しに男髷《おとこまげ》のかつらをかぶった姿である。才は慌てて着ている振袖を脱ぎつつも、「まさか、こんなことになるなんて」と思うことをやめられなかった。

面と向かって親に逆らう度胸もなく、かといって、何もしないで嫁入りするのも業腹だ。そんな屈託を抱える踊りの稽古仲間が三人集まり、「男の恰好をして、お仁ちゃんの狂言を演じよう」と思い立ったのが始まりだった。それに芹を巻き込んだことで、話がここまで大きくなるとは……。

このあたしが大野屋の娘ではなく、水上竜太郎として錦絵になるなんて夢にも思っていなかったわ。

心の中で呟いて、才は水上竜太郎の衣装に袖を通す。

江戸市中にはたくさんの絵草紙屋があり、店頭にはいつも色鮮やかな錦絵が並んでいる。旅の土産《みやげ》に重宝する江戸の名所を描いたものや、名高い役者や高位の花魁、売れっ妓《こ》芸者のものが目を引くが、美人と評判の看板娘や小町娘、若女房を描いたものもよく売れると聞いている。

ゆえに引札《ひきふだ》を作って配るより、看板娘の錦絵のほうがはるかに店の宣伝になる。また、大店の若旦那《わかだんな》が錦絵の娘に惚れて一緒になったという例《ためし》もあり、錦絵の版元を兼ねる地本問屋の店先には、精一杯着飾った娘たちがうろうろしているとか。

店の宣伝も玉の輿《こし》もやりたい人がやればいい。

才は錦絵になりたいなんて一度も思ったことがない。

だが、思う相手に思われず、思わぬ相手に思われるのが世の常である。才は「蔵前小町」と呼ばれているせいで、「お嬢さんの錦絵を売り出したい」と地本問屋のほうから寄ってくる。もっとも、父がその場で断るため、詳しいことは知らないけれど。

――錦絵のせいで娘の容姿が知れ渡り、かどわかされたらどうするつもりです。悪党に身代金を求められたら、おまえさんが用立ててくれるんですか。

父にそう言われた相手は真っ青になり、前言を翻《ひるがえ》して逃げ出すという。才は「いかにもおとっつぁんが言いそうな台詞《せりふ》だわ」と思ったが、兼は「旦那さんがそっけないのは見せかけで、本当はお嬢さんのことを大事に思っているんですねぇ」となぜか感じ入っていた。

年頃の娘がかどわかされたら、無事に戻ってきたとしてもまともな縁談は望めない。歳の離れた男の後妻になるのでさえ、破格の持参金が必要になるだろう。かといって、娘を見殺しにすれば、大野屋時兵衛の名は地に堕《お》ちる。

だから、父は娘のそばに腕の立つ女中を置き、錦絵にするのを断ってきた。商人ならではの用心とも、当たり前の算盤《そろばん》勘定とも言える。そこに娘への情があるなんて、才はこれっぽっちも思っていない。

それでも、兼がそばにいてよかったと思っているし、錦絵の話を断ってくれたのもありがたい。自分の姿絵が見ず知らずの男たちの手に渡るなんて、気味が悪くて仕方がない。

だが、今回は大店の娘としてではなく、水上竜太郎の姿で描かれる。そう思うと、不安や恐れだけでなく、期待や興奮もわき上がった。持って生まれた見目かたちより、自分が考えてやったことが世間に認められたのだから。

おとっつぁんがこのことを知ったら、一体何と言うかしら。おっかさんは腰を抜かすかもしれないわね。

絶対知られてはいけないのに、ついそんなことさえ考える。その一方で、これはいまだけのことだともわかっていた。

嫁《とつ》いでしまえば、いまよりもっとままならない日々が待っている。親の目を盗み、好きなことができるのはいましかない。

じきに九ツの鐘《かね》が鳴る。才が急いで袴の紐《ひも》を結ぶと、そばにいた紅から「お才ちゃん」と名を呼ばれた。

「ねぇ、本当に錦絵なんて描かせて大丈夫なの？　大野屋のおじさんは、見込みのある若い絵師に仕事を与えているんでしょう。ここでのことが巡り巡っておじさんの耳に入ったら、どうするのよ」

今日、静はもちろん仁と紅も呼ばれていないが、紅は「お才ちゃんが心配だ」と言い張ってついてきた。それればかりか、支度をする才の隣で繰り返し不安を訴える。才は袴のしわを気にしながら、心配性の幼馴染み《おさななじ》に返事をした。

「お紅ちゃん、もうそんなことを言わないでちょうだい。お師匠さんの顔もあるし、いまになって『やめたい』とは言えないわ」

紅もそれは承知のようで、言いかけた言葉を呑み込むと、代わりに口を尖《とが》らせた。

言ったところでどうにもならないとわかっていても、言わずにはいられないのが不満と不安というものだ。

才だって似たようなことはさんざん考えた。いますぐ少女カゲキ団から手を引けば、正体がばれる不安から解放されると。

だが、「男の恰好で仁の書いた狂言を演じよう」と最初に言い出したのは自分である。親と世間の目を恐れ、一番先に逃げ出すのは才の矜持《きょうじ》が許さない。

膨れっ面の紅を尻目《しりめ》に、才は鏡台の前に正座した。

島田に結った前髪はあらかじめ少なめにしてあった。その前髪の元結《もとゆい》を前にずらし、できた隙間に青黛《せいたい》を塗った絹を差し込む。これで振袖袴姿の若侍、水上竜太郎のでき上がりだ。

女形《おんながた》の役者は野郎帽子《やろうぼうし》で月代《さかやき》を隠すけれど、あたしは逆のことをしているのね。

鏡に映った顔を見て、ふとそんなことを考える。中剃《なかぞ》りがわりの青黛が額の上にあるだけで、見慣れた顔が凛々《りり》しく見えた。

「お紅ちゃん、私の姿におかしなところはないだろうか？」

水上竜太郎になったつもりで、幼馴染みに声をかける。紅は大きなため息をつくと、小声で才に耳打ちした。

「おかしいところはないけれど、絵師にはあたしたちの素性を知られないようにしてちょうだいね。こんな怪しい仕事を引き受けるような輩《やから》だもの。きっと、仕事がなくて金に困っている人だわ」

売れっ子の絵師ならば、いくら版元の頼みでも急な仕事は受けられない。才が大野屋の娘とばれたら、きっと金を強請《ゆす》られる――尽きない紅の心配に、才はため息混じりに言い返した。

「だから、そんなことばかり言わないで。お紅ちゃんだって本音はあたしの錦絵が楽しみなくせに」

幼い頃から才の見た目に憧れている紅である。才がどんな錦絵になるのか、誰より見たがっているはずだ。

図星を指されて紅が目を泳がせたとき、襖《ふすま》の向こうで声がした。

「竜太郎、支度はできたか。絵師の方がいらっしゃった」

どうやら、その気になっているのは才だけではなかったらしい。それとも、自分たちの正体を悟られないための用心か。腹をくって返事をすれば、まるで待っていたように九ツの鐘が鳴りだした。

襖を開けて入ってきたのは、家主の花円に蔦屋と芹、そして若くて大柄な男である。

蔦屋は座敷に落ち着くと、その男に話しかけた。

「一八郎《いちはちろう》さん、ご覧なさいよ。花が化ける伎とはよく言ったもんだ。遠野官兵衛もいいが、水上竜太郎なんてまさしく花のようじゃありませんか」

「そうですね、腕が鳴ります」

絵師は短く答えると、じっと才の顔を見た。

今日は蒸し暑いのに羽織を着ている。でも、この人は武士じゃないわよね。腰に刀を差していないもの。

才は一瞬ヒヤリとしたが、目の前の男は丸腰だ。手内職で絵を描く武士もいるらしいが、丸腰で人前には出ないだろう。

それに金に困っていたら、新しい夏羽織なんて着られないわ。物腰も柔らかいし、裕福な地主の息子か商家の道楽息子かしら。

だとしたら、やっぱり父の知り合いということも考えられる。才が身構えたのを察したように、絵師が軽く頭を下げた。

「手前は呉服町《ごふくちょう》で質屋をしている金子屋《かねこや》の次男で、一八郎と申します。絵師としては駆け出しですが、北尾七助《きたおしちすけ》を名乗り黄表紙の挿絵などを描いております。今日はどうぞよろしくお願いします」

「一八郎さんは北尾重政《しげまさ》の弟子で、腕のほうは確かです。おまえさんたち同様素性を隠してやっているので、名は知られておりませんがね」

素性を隠しているのに、初対面の小娘に本名を教えてくれたのか。ここは自分も名乗るべきかと思ったが、才はどうしても言えなかった。

だって、相手がどんな人かまだわからないもの。礼儀知らずと思われるより、正体を知られるほうが怖いわ。

心の中で言い訳しつつ、目は一八郎から離さない。それにしても、絵師としての名前がなぜ七助なのか。

本名が「一八郎」だから、八から一を引いたとか？　案外実家が質屋だから、「七助」にしたのかしら。

どうでもいいことを考えながら横を見れば、紅の顔がびっくりするほど真っ赤に染まっていた。

「あら、大丈夫？　熱でもあるの」

頬はともかく、額まで赤いのはただ事ではない。幼馴染みが心配になり、才はいつもの言葉遣いに戻ってしまう。紅はこっちの声が聞こえないのか、返事もせずにぼうっとしていた。

これは間違いなく熱がある。一刻も早く魚正に帰したほうがいいと思ったとき、紅がいきなり頭を下げた。

「あ、あの、一八郎さん、先日はどうもありがとうございました。あ、あたしは本船《ほんふな》町《ちょう》の魚屋、魚正の娘で紅と言います。こっちの水上竜太郎は札差大野屋の娘でお才ちゃん、遠野官兵衛はお芹さんです」

「ちょ、ちょっと、お紅ちゃん」

誰よりも絵師を警戒していたはずなのに、ここにいる三人の素性をばらしてしまってどうするのか。これはかなり熱が高そうだと顔をしかめ、才ははたと気が付いた。

「先日はありがとうございましたって……まさか、この人と知り合いなの？」

「こいつは驚いた。一八郎さんも隅に置けないねぇ。こんなかわいいお嬢さんとどこで知り合ったんだい」

蔦屋は紅の赤い顔が恋の病による熱だと見抜いたらしい。にやにや笑いながら、一八郎の脇腹を肘《ひじ》で突く。

だが、岡惚《おかぼ》れされたほうは困ったように何度もまばたきをした。

「……すみません、もちろん魚正さんは存じていますが、そちらのお嬢さんとお目にかかった覚えはありません」

「去年の霜月《しもつき》のことです。芝神明前であたしの草履《ぞうり》の鼻緒《はなお》が切れて困っていたとき、一八郎さんが直してくれたじゃありませんか」

紅は勢い込んで訴えるが、相手の反応は鈍かった。「そんなことがありましたか」と首をかしげる。

「すみません。手前は男のくせにおせっかいな性質《たち》で、よくそういうことをするものですから」

「あたしのために、自分の手ぬぐいを裂いて鼻緒をすげてくれたじゃありませんか。また会えたら、新しい手ぬぐいを差し上げようと思っていたのに……あたしのことを忘れてしまったんですか」

いまにも泣き出しそうな顔で詰め寄られ、一八郎は目を泳がせる。そんな絵師とは裏腹に、才は苦も無くいろいろ思い出していた。

去年の暮れ、紅から思う相手がいると打ち明けられたことがあった。ただし、勝手に思っているだけで、向こうは自分のことなんて覚えていないだろうとも。

神明前は盛り場で、女を食い物にする男も大勢いる。その親切な男はいずれ紅と再会し、うぶな娘の恋心に付け込んで金を巻き上げようとするだろう――と仁と言い合っていたというのに、よりによってこんなふうに再会するとは思わなかった。

「お紅ちゃん、それじゃこの人が……」

「ええ、お才ちゃん。前に会ったときから育ちのいい人だと思っていたの。また会えるなんて夢みたいだわ」

両手の指を組み合わせ、紅は一八郎を見つめ続ける。あからさまな好意が重いのだろう。向こうは居心地が悪そうだ。

「とんでもない。魚正に比べれば、うちなんぞちっぽけな質屋です。育ちがいいのは、お紅さんのほうでしょう」

「いいえ、あたしなんてたいしたことありません」

「いえいえ、立派なものです。そんないい家のお嬢さんがどうして少女カゲキ団に入ったんですか」

遠慮のない問いかけに紅は一気に目が醒《さ》めたらしい。いきなり顔色が悪くなったと思ったら、「ち、違うんです」とかぶりを振った。

「あ、あたしは幼馴染みの付き合いで来ただけで……少女カゲキ団に入っているわけじゃないんです」

「おや、そうですか。背恰好からして、お紅さんが中間役かと思ったんですが」

「違いますっ。あたしはやっていません」

「それは残念です。手前は少女カゲキ団の贔屓なので」

ため息混じりのその声は、心にもないお世辞とは思えなかった。才は驚き、一八郎に聞き返す。

「あの、あたしたちの芝居をご覧になったんですか」

笑みを浮かべた一八郎によれば、ちょうど三月四日に飛鳥山で花見をしていたという。

「桜は満開、空は青空、一杯加減で浮かれていたら、いきなり振袖袴姿の若侍が走り出てきて、笠《かさ》をかぶった浪人を仇《かたき》呼ばわりしたんです。一体何が起きたのかと、手前はびっくりしましたよ」

あの日はいたるところで緋《ひ》毛氈《もうせん》が広げられ、老若男女が満開の桜を楽しんでいた。その中に一八郎も交ざっていたのか。

「若い娘が男の恰好で仇討をすると言うんですから、すぐに花見の茶番だとわかりました。これからどうなるのかと眺めていたら、酔っ払いが浪人役に絡《から》み出して――もしも乱暴するようなら止めに入る気だったのに、お芹さんは気迫だけで動けなくさせてしまうんですから。本当に剣の達人だと思いました。あれは恰好よかったなぁ」

そのときの様子を思い出したのか、一八郎の口もとが緩む。

面と向かってほめられた芹が「ありがとうございます」と恥ずかしそうな声を出す。

絵師は機嫌よく「だから」と続けた。

「錦絵には、酔っ払いに絡まれたときの遠野官兵衛を描きたいんです」

「でも、それじゃ顔がわかりません」

酔っ払いに絡まれたとき、芹は笠をかぶっていた。顔がわからなければ、錦絵を描く意味がない。異を唱える芹に一八郎はうなずく。

「錦絵で顔を描かないなんてことはありません。あのとき、笠の下でどんな表情をしていたのかを描きたいんです。お芹さん、どうでしょう」

役の恰好で立っていれば絵師が適当に描いてくれると思っていたのに、そうは問屋が卸《おろ》さぬようだ。芹も意外だったらしく、途方に暮れた顔をしている。

何しろ三月四日の芝居の後、酔っ払いに絡まれた恐怖でしばらくしゃがみ込んでいたくらいだ。そのときと同じ芝居をしろと言われても困るだろう。

才は見かねて口を挟んだ。

「酔っ払いに絡まれたのは二月以上前のことです。そのときと同じ顔をしろと言われても、できるものじゃありませんよ」

「二月前だろうと、半年前だろうと、役者なら同じ芝居ができるでしょう」

「で、でも、あれはたまたま」

「なら、蔦屋さんに酔っ払い役をやってもらい、花見と同じ状況を作ります。それでも、できませんか」

　おっとりとした見かけと違い、一八郎は絵のことになると強引だった。いきなり酔っ払い役を振られた蔦屋もまんざらではない顔をしている。才は困って花円を見たが、我関せずとそっぽを向かれた。

　この調子じゃ、あたしだって何を言われるかわかりゃしない。お芹さんはどうするつもりかしら。

　恐る恐る横目で見れば、芹は「わかりました」とうなずいた。

「蔦屋さんは酔っ払い役をしなくていいです」

「おや、そりゃ残念」

「では、さっそくお願いします」

　いつの間にか筆を握っていた一八郎に促され、障子の前に立った芹は足を前後に開いて腰を落とす。左手は偽の刀の鞘《さや》を摑《つか》んでいるが、右手はまだ柄《つか》を握っていない。

　あのときは笠で顔が隠れたから、うまくハッタリが効いたのだ。素顔をさらせば、腕の立つ浪人、遠野官兵衛らしくなくなるのでは……。

　そんな思いで見ていると、眉間にしわを寄せた芹は半目になって宙を睨む。その顔が徐々に物騒な気配をまとい始め、才は我知らず唾を呑み込んだ。

まばたきひとつしない目は、ただ一点を睨みつけている。才はじっと見つめるうちに、芹の前に青ざめた顔の酔っ払いが見えた気がした。

手をのばせば届くところにいるのに、いまの芹には近付けない。腰の刀は竹光《たけみつ》だと承知しているにもかかわらず、近づいたら怪我《けが》をすると頭の中で半鐘《はんしょ》が鳴る。

三月四日も、お芹さんはこんな顔をしていたのかしら。だったら、笠がないほうがよかったかもしれないわ。

一八郎は無言で芹を見つめ、紙に筆を走らせる。才は二人を見ているだけなのに次第に息苦しくなってきた。

「――よし、もういいです」

その言葉に、才が芹より先に大きな息を吐き出した。一八郎は筆を置き、描き上がった絵をじっと見つめる。

「おかげでいい絵が描けそうです。蔦重さん、どうでしょう」

小半刻から半刻くらいの間に、一八郎は芹の顔ばかり描いたようだ。官兵衛の衣装は黒羽二重なので、着物はどうでもよいらしい。

「これがお芹さん？　本物の男の人みたいだわ」

紙の中の浪人はいずれも憤怒《ふんぬ》の表情を浮かべている。

この絵の顔なら、娘姿の芹と似ているなんて思われまい。花円も満足げにうなずいている。

「台詞ひとつなかったけど、うまく演じていたじゃないか。あんたの前に青ざめる酔っ払いの姿がちゃんと見えたよ」

師匠にほめられて、芹の顔がようやくほころぶ。才はふとおさらい会の稽古を思い出した。

――見えない鐘があんたにだけは見えていなくちゃ困るんだよ。

去年の暮れ、「京鹿子娘道成寺」の稽古で、何度この言葉を言われたことか。芹は稽古をしていなくとも、見えない酔っ払いを客に見せることができるのだ。

彼我《ひが》の力の差を改めて思い知らされたとき、紅が不意にこっちを見た。

「次は、水上竜太郎ね。お才ちゃん、頑張って」

才は障子の前に立ち、恐る恐る絵師を見た。

「あ、あの、あたしはどうすれば……」

「そうですね。お才さんは仇に向かって刀を抜こうとしているつもりでお願いします。お芹さん、お才さんの正面に立ってください」

言われた芹は三歩ほど離れたところに立ち、「ここでいいですか」と絵師に聞く。一八郎はうなずいた。

「はい、そこでいいです。竜太郎さん、捜し続けた仇が目の前にいるんですよ。いま、どんな気持ちですか」

急にそんなことを言われても、こっちは芹と違ってすぐさま役に入れない。だが、自分ひとりだけみっともない姿をさらしたくない一心で、才は自分に言い聞かせた。あたしは水上竜太郎、目の前にいるのは親の仇で裏切り者の遠野官兵衛。この男を討ち果たせば、つらい旅は終わるのだ。

才は芹をじっと見つめ、偽の刀の柄に手をかける。だが、次に何をすればいいのか、わからない。

このままずっと、お芹さんを睨んでいればいいのかしら。でも、この恰好って結構くたびれるのよね。もっと楽な姿勢に変えたらまずいかしら。

横目で一八郎のほうを見れば、「気を散らさない」と叱られた。その後も何度か気が逸《そ》れてしまい、芹よりはるかに時間がかかった。

「まあ、こんなところかな。お疲れ様でした」

やっと終わったかと一八郎の手元をのぞき込めば、少女と見紛うばかりの水上竜太郎が描かれていた。

あたしとそっくりとは言わないけれど、これじゃ男に見えないわ。お芹さんの官兵衛と大違いじゃない。

眼光鋭い官兵衛に対し、この竜太郎は見るからに弱そうだ。才が口を尖らせると、蔦屋がからかうような笑みを浮かべた。

「おや、お才さんはご不満ですか。あたしはよく描けていると思うがね」

「でも、これじゃ女の子です。もっと凜々しく描いてもらったほうが、少女カゲキ団の贔屓だって喜ぶんじゃないでしょうか」

「だったら、そっちの娘さんの話を聞こう。おまえさんはこの下絵を見て、どう思う。直すところがあると思うかい」

蔦屋が紅に話を振ると、一八郎にほの字の娘は「直すところなんてありません」と力強く請け合った。

「お才ちゃん、この絵のどこに不満があるのよ。そりゃ、お才ちゃんにそっくりとはいかないけれど、竜太郎の思い悩んでいるところがよく出ているじゃない」

「お紅ちゃんはそう言うけど、これじゃどう見ても女の子よ。袴と腰の刀がしっくりこないわ」

「仕方ないじゃない。お芹さんとお才ちゃんは違うんだもの」

悪気もなく言われた言葉に、才は思わず息を呑む。わかっていても、役者としての力の差を突きつけられれば心が沈む。

こうなったら、「仇討の場」でそれこそ仇を討つしかないわ。あたしはお芹さんより台詞が多いし、稽古だってたくさんできるんだから。

才は己の下絵を見ながら、心の中でそう誓った。

幕間《まくあい》二　花円の裏切り

江戸の新吉原には異名が多い。

幕府公認とはいえど、色里の名をそのまま口にはしにくいのか。それとも、通い慣れていると傍に思ってもらいたいのか。江戸の男たちは好んで「なか」や「ちょう」と呼んでいた。

他には「浅草寺裏《せんそうじ》の弁天様《べんてん》」とか「浅草《あさくさ》田んぼのお稲荷《いなり》さん」と呼んだりするようだけれど、「弁天様」はともかく、何ゆえ「お稲荷さん」なのか。その心は「男を化《ば》かす女狐《めぎつね》が住んでいる」からだとか。

しかし、その稲荷は女狐たちにとって居心地のいい場所ではないのだろう。逃げ出すのを防ぐために、吉原見物に来た女は大門《おおもん》脇の四郎兵衛《しろべえ》会所で必ず行きに切手をもらう。

帰りにその切手がないと、どんな女も大門からは出られない。浅草田んぼの中にあるのは鳥居ではなく、女狐を閉じ込める檻《おり》なのだ。

仲之町《なかのちょう》に面した引手《ひきて》茶屋《ぢやや》の二階座敷で、花円はもらったばかりの切手をもてあそぶ。

「だからって、あたしのような婆《ばあ》さんまで切手をもらわなくともいいでしょうに。暗がりに立つ夜鷹《よたか》や舟饅頭《ふなまんじゆう》ならいざ知らず、夜でも明るい吉原じゃ、とても売り物になりませんよ」

半ば本音で言ったのに、向かいに座った蔦屋重三郎は「ご謙遜《けんそん》を」と手を振った。

「師匠なら吉原でもまだ売れますよ。さすがに全盛の花魁とは申しませんが、中見世《ちゆうみせ》の座敷持ちには十分張り合えます」

口のうまい年下の商人に、花円は思わず失笑する。

女は女を買わないので、女郎買いの相場はよく知らない。だが、とかく金のかかるのが吉原だ。ほどほどに売れている女郎なら、一晩一分ですまないくらいの見当はつく。安上がりな素上りで二分か三分、こうした引手茶屋を通せば一両は下らないだろう。

もしも自分が男なら、四十過ぎの婆さんにそこまで金を出すものか。そのくせ世辞とわかっていても、まんざらでもなく思うのだから女心は滑稽《こっけい》だ。愚かな己を嘲《あざけ》りながら、花円はすまして言い返す。

「おや、持ち上げてくれるじゃないか。吉原の女郎は二十七で年季が明けるんだろう。あたしなんてお呼びじゃないさ」

「いえいえ、踊りで鍛えたその身体《からだ》はいまでも十分若々しい。ちょいと厚めの化粧をすれば、三十路《みそじ》前で通りますって」

「なに馬鹿なことを言ってんだか。吉原で厚化粧なんてしたら、かえって客がつかないだろうに」

江戸では素人はもちろん、玄人《くろうと》も薄化粧が好まれる。白粉《おしろい》を厚く塗れば、「歌舞伎役者じゃあるめぇし」と笑われるのが関の山だ。これには重三郎も「なるほど、それはおっしゃる通りで」と、幇間よろしく額を叩いた。

「そもそも吉原の座敷なんて借りなくてよかったのさ。おまえさんの店で話をさせてくれれば余計な金はかからないし、こんなものをもらわなくてもすんだんですよ」

大門前の五十間道《ごじっけんみち》に店を持つ相手に文句を言い、花円は懐《ふところ》に切手をしまう。すると、

「とんでもない」とかぶりを振られた。

「どこの馬の骨がいつ顔を出すかわからないあばら家で、大事な話なんてできません。他人に聞かれて困る話はこっちのほうがいいんです。今日はうまい具合に雨が降って、昼見世《ひるみせ》の客も少ないですしね」

昼見世は仕事を抜けて立ち寄る輩も多いようで、雨で足元が悪くなるとてきめんに客が減るんだとか。重三郎はそう前置きして、花円の膝前に二枚の新しい錦絵を差し出した。

「売り出されてまだ五日なのに、もう売り切れた絵草紙屋がかなりあります。もちろん摺った枚数が少ないせいもありますが」

先月から森田座で大入りが続いているのも幸いした。時を同じくして「加賀見山旧錦絵」の役者絵が売り出され、芝居好きの娘たちが絵草紙屋に押しかけたのだ。その中の何人かが「官兵衛様と竜太郎さんの錦絵がある」と歓声を上げたため、少女カゲキ団の錦絵が売り出されたことはあっという間に広まった。

またその錦絵には「次は九月に御目文字《おめもじ》いたしたく候」との一文があり、根岸《ねぎし》の寮に泊まり込んで飛鳥山に通っていた娘たちも家に戻り始めたそうだ。さぞ両親はほっ

としていることだろう。

「少女カゲキ団を知らない男たちは遠野官兵衛の錦絵を見て、『これが本当に娘なのか』と首をかしげていますがね。その近くに中老尾上の錦絵があるんですから、嘘だと決めつけられないわけで」

自分で仕掛けておきながら、他人事《ひとごと》のように重三郎が語る。花円は改めて膝前に置かれた錦絵に目をやった。

「その言葉を聞いて安心しましたよ。蔦重さんには今度のことでずいぶん無理をさせましたから」

錦絵は元絵を写した版木を彫り、それを何度も摺《す》り重ねる。ひと昔前の紅摺絵《べにずりえ》より錦絵は使う色が多いため、摺る回数と乾かす手間も多くなる。

それだけ時間がかかるものを、十日に元絵を描いて十八日には売り出したのだ。常とは違う苦労が山のようにあっただろう。

挙句、損をさせたらどうしようとひそかに気を揉《も》んでいたのだが、取り越し苦労に終わったようだ。花円は居住まいを正して頭を下げた。

「遠野官兵衛の錦絵が世間に出回ったおかげで、お芹の勤める茶店に押しかける娘はすっかり少なくなりました。お芹も無事店に戻り、二十八日の川開きを落ち着いて迎えられると喜んでおります。不肖《ふしょう》の弟子に成り代わり、礼を言わせてもらいます」

北尾七助の描いた人物は刀の柄に手を伸ばし、「寄らば斬《き》る」と言いたげな気配を紙の上でも発していた。茶店でお茶を運んでいる芹の姿と見比べれば、誰だって同一人物とは思うまい。

水上竜太郎も才より多少骨太に描かれたせいか、「大野屋の娘に似ている」と言い出す者はいないらしい。むしろ贔屓の娘が振袖袴姿になり、「我こそは水上竜太郎だ」と騒いでいるとか。

「絵師の一八郎さんはもちろん、彫師《ほりし》の方、摺師《すりし》の方にもよろしく言ってくださいな。本当にありがとうございました」

「田沼様お気に入りの花円師匠にそう頭を低くされたんじゃ、こっちのほうが居たたまれません。ここだけの話、二人の錦絵はとにかく急いで摺ったでしょう。遠野官兵衛が黒の着流しだからって、竜太郎の着物の柄もだいぶ手を抜いちまったんです。絵師はともかく、彫りと摺りは手の空いている職人を使わざるを得なくって」

まるで己の恥を打ち明けるように、重三郎の背が丸くなる。だが、そんなのはささいなことだと、花円は首を横に振る。

「遠野官兵衛の錦絵を売り出して、世間に噂は嘘だと思わせる。おまえさんにそう言われたときは半信半疑だったけど、流行に詳しいお人は人の心もよくご存じだ。こんなに早く噂が収まるなんて思いませんでしたよ」

「いいえ、ここまでうまくいったのは手前の手柄じゃございません。お芹さんの頭抜けた芝居のうまさと一八郎さんの腕ですよ」

遠野官兵衛に扮した芹はいつもの姿とかけ離れている。善助が騒ぎ立てたりしなければ、噂にもならなかったはずなのだ。

重三郎は普通に立ち姿を描けばいいと思っていたようで、「酔っ払いに絡まれたときの遠野官兵衛を描きたい」と言ったのは、一八郎の一存だとか。

「おや、あれは蔦重さんの入れ知恵じゃないのかい」

「とんでもない。十六のお嬢さんにそんな無茶は言いません。それがあんなふうになるとはねぇ。お芹さんが遠野官兵衛の霊に取りつかれたのかと、手前は肝《きも》を冷やしましたよ」

これ見よがしに身震いされたが、その目はうれしそうに輝いていた。

「手前が思いますに、あの子は重箱みたいな役者ですな。腹を空《す》かしているやつは、いつだって蓋《ふた》を取った重箱の中身しか見ちゃいませんから」

そう、芝居では重箱の中身である「役をどう演じるか」が重要なのだ。いくら重箱

（見た目）が立派でも中身の煮しめ（芝居）がまずければ、客は箸をつけなくなる。逆に粗末な重箱だって、煮しめがうまければ構わない。

「この絵だってちゃんと男より首が細く、身幅も狭く描かれているのにねぇ。事情を知っている手前が見ても、立派なお侍にしか見えません」

畳の上の錦絵を見下ろして、重三郎がしみじみ呟く。

一方、「加賀見山」では立役が女を演じて評判を取っている。だから、花円は口にした。どうしても言わずにいられなかった。

「男と女の違いなんて、人それぞれが生まれ持った才の差に比べれば、ほんの微々たるもんですよ」

だが、どれほど天賦《てんぷ》の才に恵まれようと、女というだけで道は閉ざされる――続く言葉を呑み込んだのは、ここで言っても仕方がないから。

ため息をついた花円を見て、重三郎が話を変えた。

「そういえば、この吉原でも遠野官兵衛の錦絵が売れていましてね。一人前の女は男の恰好をした娘の絵なんぞ見向きもしないと思ったのに。これじゃ、ここに通う男たちの立つ瀬がありません」

恐らく、ここは笑うべきところだろう。

しかし、花円は笑う代わりに、冷ややかな目を向けた。

「現の男を知っているから、男ではない男に夢を見るんじゃないのかい」

「おや、これは手厳しい。ですが、言われてみればそうかもしれませんね。金で身を売る暮らしは心をすり減らしますから」

言い返されるかと思いきや、そこは吉原遊びの指南書《しなんしょ》「吉原細見」の版元である。こちらの不機嫌に気付いたようで、にわかに神妙な顔をした。

「昨日、吉原の絵草紙屋で禿《かむろ》たちが遠野官兵衛の錦絵を何枚も買っていたんですよ。幼い禿が少女カゲキ団を知っているとは思えない。きっと姐《ねえ》さんたちのお遣《つか》いでしょう」

禿は将来高級遊女となるべく修業中の少女のことだ。姉女郎の花魁に衣食住の面倒を見てもらう代わりに、花魁の身の回りの世話をする。そして、さまざまな芸事を仕込まれるという。

幼い頃に親に売られ、売り物として磨かれる。人気の花魁は身の回りの品や着物だけなら、下手な大名家の姫君より高価なものを使っているとか。

それでも売り物である限り、自分が本当に幸せだと思える女郎はいないはずだ。男にもてあそばれる我が身を蔑《さげす》んでもいるだろう。気迫だけで酔っ払いを黙らせた娘がいると知れば、胸も弾むというものだ。

その気持ちが男にわかるかどうか……花円はためらいがちに口を開いた。

「蔦重さん、おまえさんはもしも女に生まれていたらと、考えたことはありますか」

「いや、特にありませんね。男でそんなことを考えるのは、女形の役者か陰間くらいでしょう」

花円の問いに重三郎は穏やかに返したが、ほんの少し唇が尖っている。そういう問いかけそのものが失礼だと感じたに違いない。

男と女は表と裏、裏は表をうらやむけれど、表は裏など目に入らない。やっぱり言うんじゃなかったと、花円は後悔しながら顎を引く。

「ええ、男はそうでしょうね。でも、女は違います」

「というと、もしも男だったらと考えるんですか？　男か女かなんて生まれたときから決まっているのに」

考えるだけ無駄だとばかり、重三郎が片眉を撥《は》ね上げる。花円の声が低くなった。

「そう思うのはおまえさんが男だからでしょう。あたしだって男に生まれていたら、『もしも女に生まれていたら』なんて考えなかったと思います」

だったら、どうして男の自分にそんなことを聞いたのか。狭くなった相手の眉間から言いたいことが伝わって、花円はかすかに目を眇《すが》めた。

「生まれる前に男か女か選べるなら、女を選ぶ人などいません。少なくとも、あたしは選びませんね」

「おや、花円師匠ほどのお人がそんなことをおっしゃるとは。男はどんな身分であれ、稼がなくっちゃいけません。でも、女は男に守られて生きられるじゃありませんか。それに女の知らない苦労が男にはいろいろあるんですよ」

「女にだって男の知らない苦労が山のようにありますよ。それに、あたしは男に守られた覚えがあまりなくてね」

嫌みたらしく言い返せば、重三郎の口の端が下がる。だが、すぐに目を泳がせた。互いに口をつぐんでしまえば、外の音が耳につく。他の座敷に応《こた》える女中の声と雨の音を聞きながら、花円は煙草盆《タバコぼん》に手を伸ばした。

「ちょいと一服させてもらいますよ」

「ええ、どうぞ。手前も一服させてもらいます」

引き寄せた煙草盆は漆塗《うるしぬ》りで、煙草もいい香りがした。さすがは吉原の引手茶屋だと白い煙を吐き出して、花円はおもむろに切り出した。

「御用人《ごようにん》様からあたしのことをいろいろ聞いていなさるようで」

花円と重三郎を引き合わせたのは田沼家の用人である。どうやら図星だったらしく、年下の男は気まずげに頭をかいた。

花円の本名は艶《つや》と言う。

呉服屋の娘として生まれ、才や紅のように乳母日傘《おんばひがさ》で育てられた。踊りは西川流《にしかわりゅう》の師匠に学び、名取となってから家元の直弟子となった。

家元、二代目西川扇蔵《せんぞう》は市村座の振付師も担っていて、時折弟子の花円にも振付の意見を求めてくれた。自分の工夫を舞台で使ってもらったときは、天にも昇る気分になった。

踊りへの熱い思いはそのまま家元への思いに転じ、降るようにあった縁談はいつの間にかなくなった。気が付けば世間から「嫁《い》き遅れ」と陰口を叩かれるようになったけれど、本人はまるで気にしなかった。

ところが、二十五のときに「今度こそ嫁に行け」と、親が縁談を持ってきた。相手は評判の悪い金貸しで、父と同じ歳だという。

――いくら何でもあんまりよ。どうして、あたしがあんな男と一緒にならなきゃいけないの。

さすがに泣いて嫌がれば、母から「お願いだから聞き分けて」と縋《すが》られた。跡取りの兄には「おまえの身勝手でこっちはさんざん迷惑をこうむってきた。少しは店の役に立て」と怒鳴られた。娘に甘い父は無言で目をそらすだけだった。

商いがうまくいっていないのは何となく知っていた。だが、自分には家元に認められた踊りと振付の才がある。傾いた家の犠牲になるなんてまっぴらだ。

追い詰められた花円は世間の目も顧《かえり》みず、家元を頼って家を出た。まさか、そのせいで半年後に店が潰《つぶ》れ、両親が首をくくるなんて思わなかった。兄はその前に姿をくらましていたらしい。その後、両親の墓に参ったとき、どこからともなく「親不孝者」と罵《ののし》る声がした。

逃げれば親が死ぬとわかっていたら、おとなしく嫁に行っただろうか。それとも、やっぱり逃げただろうか。

五歳で踊りを始めてから、いままでずっと踊ってきた。嫁に行けば、踊ることができなくなる。踊らない自分を花円は想像できなかった。

あたしにはもう踊りしかない。

踊りのためなら、何だってする。

花円はそう思い定め、世間の陰口をすべて聞き流した。

しかし、踊りに心血を注ぐあまり、かえって家元との仲がこじれた。挙句、破門されて、惚れた男と後ろ盾をまとめて失ったのである。

踊りたくとも踊る場はなく、頼れる相手は誰もいない。

いっそ死のうと思ったときに運よく田沼様に助けられ、その御威光で東流家元を名乗るようになった。おかげで大店の娘たちに踊りを教えられるようになったけれど、心はいつも満たされなかった。

自分の周りの人々は、東花円の踊りではなく後ろ盾の田沼様に惹《ひ》かれているとわかっていた。だから、何も知らない芹をタダで育てる気になった。

いつか自分も踊れなくなる。自分の踊りを誰かに継いで欲しくとも、東流の弟子たちはみな金持ちのお嬢さんだ。

嫁入り前の片手間では本気で仕込むことはできない。

けれども、貧しい芹ならば自分の思いを受け止められる。

そう思った自分の目に狂いはないはずなのに、基礎のできていない身体はこちらが思うようには動かない。

才の身体に芹の心がついていたら、最高の踊り手になれるのに――そんなことを思っていたとき、才から「男の芝居を教えてほしい」と頼まれた。

正直、最初は気が進まなかった。こんなことが親にばれたら、どれだけ非難されることか。だが、親に隠れて男の恰好をしてみたいという才たちの気持ちは痛いほどわかったから、一度きりのつもりで引き受けた。

しかし、飛鳥山で芹の演じる遠野官兵衛を見て、その考えはひっくり返った……。ぼんやり物思いに沈んでいたら、重三郎が煙管《キセル》を灰吹きに打ち付けた。その音でハッと我に返り、困り顔の相手ににっこり笑う。

「ああ、勘違いしないでくださいよ。あたしはただ、女だからというだけでとびきり大きな天稟《てんぴん》が花開くことなく終わるのが嫌なだけです」

「それは、お芹さんのことですか」

「ええ、ですからおまえさんの手助けもありがたいと思っています。けど、もっと地味な方法もあったんじゃないかねぇ」

重三郎は「吉原細見」を一手に扱い、人気戯《げ》作者《さくしゃ》の朋誠堂喜三二の黄表紙も手掛けている。錦絵は蔦屋らしいやり方ではあるものの、少女カゲキ団が女歌舞伎と見なされたら、お縄にだってなりかねない。最初に話を聞いたときは、開いた口がふさがらなかった。

それでも結局承知したのは、芹を踊りの家元ではなく、どうしても役者にしたかったからだ。

自分には踊りの才がある――花円は子供の頃からそう信じて生きてきたが、芹の役者としての才はその比ではない。

芹ならば江戸中の人々を熱狂させ、御公儀の御法度すらきっと変えられる。そうなれば、女の生きる道もより広がるというものだ。

三座の看板役者は年に千両稼ぐ。吉原の花魁はそれ以上稼ぐけれど、儲《もう》けは楼主《ろうしゅ》の懐に入るだけだ。これからは女がもっと儲かるようにならないと。

ひとり胸算用をしていたら、重三郎が鼻息を荒くした。

「地味なやり方じゃつまらないでしょう」

「えっ」

「手前はこの窮屈な世を少しでも面白くしたいんです。師匠もいま江戸で狂歌が流行《はや》っているのはご存じでしょう」

「ええ、そりゃあね」

去年あたりから、通人を気取る金持ちだけでなく、そこらの町人も暇さえあれば、どこかで聞いたことがあるような五・七・五・七・七をひねるようになった。あちこちの料理屋ではしきりと狂歌の会が開かれて、目の前の男は蔦唐丸《つたのからまる》を名乗って参加しているらしい。

うなずく花円に重三郎はさらにまくしたてた。

「師匠はさっき、女より男のほうがましだとおっしゃいました。でも、手前に言わせれば、男女を問わず生きるというのは大変です。天は無慈悲で日照りや大雨、地震に火事、おまけに流行病《はやりやまい》だっていつ起こるかわかりゃしない。江戸で狂歌が流行るのは、どんなにつらいことが起きても笑い飛ばすための工夫ですよ」

なるほどと思う一方で、目の前の男が夢中になる理由はそれだけじゃないだろうと思ってしまう。だから、試しに言ってみた。

「おまえさんのことだもの。狂歌でまたひと儲けするつもりだろう」

「そりゃもう。売れるとわかっているのに手を出さないなんて、商人の名折れってもんでしょう」

いけしゃあしゃあと答えられ、花円はプッと噴き出した。やはり商人はこうでなければならない。

「それで、少女カゲキ団は流行りそうかい」

すると、相手は「そんなのわかりません」とうそぶいてから、「いいですか」と花円に詰め寄った。

「流行というのはこちらの思い通りにならないもの、そして文字通り流れて行くものです。ひたすらどんどん流れて行き、後には何も残らない。そういう水物を商うからには、常に目を光らせて新たな流れを探し続けないといけません」

　重三郎はいつになく真剣な表情を浮かべたが、すぐ照れたようにへらりと笑った。

「手前が新しい流れを作れればいいんですが、なかなかそうもいきません。それでも、少女カゲキ団には流行となる渦を感じます。このまま大きな流れになって欲しいところですが、見せてもらった台本ではねぇ……」

　どうやら、仁渾身《こんしん》の台本はお気に召さなかったようである。花円は「どこがまずいんだい」と聞き返した。

「まず、官兵衛が亡くなってからが長すぎます。大野屋の娘は器量よしだが、あの娘が中心となって芝居を支えるのは難しいでしょう」

「真面目《まじめ》に稽古をする子だから、何とかなるんじゃないかねぇ」

「何の邪魔も入らなければ、大丈夫かもしれません。ですが、飛鳥山では何が起こるかわかりませんよ。最初の芝居でも酔っ払いに絡まれたんでしょう？　似たようなことが起こったとき、大野屋の娘ではやり過ごせないんじゃありませんか」

　それは確かにその通りで、花円はむっつり黙り込む。重三郎の声が大きくなった。

「目新しさで注意を引けた一度目と違い、次はさんざん気を持たせた相手に芝居を披露するんです。見る目ははるかに厳しくなります」

「……だったら、どうしろと言うんですか」

「役者としての技量もさりながら、少女カゲキ団の贔屓はほとんど遠野官兵衛が目当てのはず。仇討話ですから、官兵衛が死ぬのは仕方ない。ですが、死ぬのをもっと後にしたほうがいい」

「言いたいことはわかりますけど」

官兵衛が死んでから、竜太郎の父が斬られた種明かしが始まるのだ。いまより死ぬのが遅くなると、さらに芝居が長くなる。

うなずかない花円に、「でしたら」と重三郎が手を打った。

「斬られた官兵衛が虫の息のところへ、勤番侍が駆けつけるってのはいかがでしょう。竜太郎は父の裏切りを知り、息を引き取る官兵衛に詫《わ》び続けるというのは」

それもありかもしれないが、果たして仁が何と言うか。思わず息を吐きだせば、重三郎に釘《くぎ》を刺される。

「師匠、こうして錦絵が世に出たことで、少女カゲキ団の名は江戸中に知れ渡った。もう後には引けませんよ」

「ええ、言われなくともわかっています」

二度瓦版が出たとはいえ、江戸中の人が読むわけではない。五日前まで少女カゲキ団は知る人ぞ知る存在に過ぎなかった。

だが、江戸中の絵草紙屋で人気役者のものと共にその錦絵が売られた以上、もはや素人の茶番芝居と言い逃れることはできない。

正体を隠したい才花には悪いけれど、あたしはあの子に頼まれて芝居を教えることになったんだ。身から出た錆《さび》と諦めてもらうしかないね。

花円は心の中で弟子に詫びた。

「いざとなったら、少女カゲキ団の役者の親にも力を貸してもらいます。かわいい娘の将来がかかっているんだ。多少の無理は聞いてくれるでしょう」

札差の大野屋に魚屋の魚正、仏具の行雲堂に薬種問屋の橋本屋まで加わった。これほどの大店がついていれば、町方だって黙らせられる。

ひそかに意気込む花円に重三郎が呟く。

「おやおや、ひどいお師匠さんだ」

「ふん、おまえさんだって最初からそのつもりでしょう。それに少女カゲキ団の言い出しっぺは、あたしじゃなくてあの子たちだ。あたしが弟子を誑《たぶら》かしたわけじゃござんせんのさ」

——あたしは女でも男に劣らない、立派な芝居ができると世間に示したいんです。お願いですから、力を貸してくださいまし。

才の言葉に共感したから、花円は弟子に手を貸した。今度は自分の夢のため、弟子に力を貸してもらう。

「ですが、親にばれたら、少女カゲキ団を続けられなくなりませんか」

「そこはあたしがうまくやります。少女カゲキ団の役者だったことがわかれば、まとまった縁談だって壊れるでしょう」

「ずいぶんひどいことを言いますね。お師匠さんを信じている弟子が知ったら、悲しみますよ」

「ふん、あたしの片棒を担いでいるあんたにだけは言われたくないもんだ」

わざとらしく身を震わせる相手を花円は睨む。「怖い、怖い」とふざけてから、重三郎はケロリと言った。

「いつか歌舞伎ならぬ、カゲキ役者の人気番付が出るようになるといいですね」

唐突な言葉に花円は笑った。少女カゲキ団はまだ五人しかいないのに。

「おまえさんも気が早いね」

「何事も早く動かないと儲けそこないます」

とことんしたたかな商人に呆れつつ、花円は弟子の顔を思い浮かべる。
芹はもともと役者になりたがっていたし、その力もある。
もうひとりはどうなるだろう。いつかあたしのしたことを感謝してくれるだろうか。
でも、花紅には絶対恨まれるね。
金切り声で文句を言う弟子の顔を思い浮かべ、花円はひとり苦笑した。

参考文献

『新版　蔦屋重三郎』　鈴木俊幸　平凡社ライブラリー

本書は時代小説文庫（ハルキ文庫）の書き下ろし作品です。

時代小説文庫

な 10-12

大《おお》江《え》戸《ど》少《しょう》女《じょ》カゲキ団《だん》㊁

著者 中《なか》島《じま》 要《かなめ》

2020年5月18日第一刷発行

発行者 角川春樹

発行所 株式会社 角川春樹事務所

〒102-0074 東京都千代田区九段南2-1-30 イタリア文化会館

電話 03(3263)5247[編集] 03(3263)5881[営業]

印刷・製本 中央精版印刷株式会社

フォーマット・デザイン＆シンボルマーク 芦澤泰偉

ISBN978-4-7584-4339-5 C0193

http://www.kadokawaharuki.co.jp/[営業]

fanmail@kadokawaharuki.co.jp[編集] ご意見・ご感想をお寄せください。

〈 中島　要の本 〉

着物始末暦シリーズ（全十巻）

市井の人々が抱える悩みを、着物にまつわる思いと共に、余一が綺麗に始末する。大人気シリーズ!!

㈠ しのぶ梅
㈡ 藍の糸
㈢ 夢かさね
㈣ 雪とけ柳
㈤ なみだ縮緬《ちりめん》
㈥ 錦の松
㈦ なでしこ日和
㈧ 異国の花
㈨ 白に染まる
㈩ 結び布《ぎれ》

時代小説文庫
ハルキ文庫